10 mil VOLTAS ao meu MUNDO

SEVERINO RODRIGUES

ILUSTRAÇÕES DE ZAIRE

10 mil VOLTAS ao meu MUNDO

Editora do Brasil

© Editora do Brasil S.A., 2019
Todos os direitos reservados
Texto © Severino Rodrigues
Ilustrações © Zaire

Direção-geral: Vicente Tortamano Avanso

Direção editorial: Felipe Ramos Poletti
Supervisão editorial: Gilsandro Vieira Sales
Edição: Paulo Fuzinelli
Assistência editorial: Aline Sá Martins
Auxílio editorial: Marcela Muniz
Supervisão de arte e editoração: Cida Alves
Design gráfico: Ana Matsusaki
Editoração eletrônica: Ana Matsusaki
Supervisão de revisão: Dora Helena Feres
Revisão: Sylmara Beletti

Dados Internacionais de Catalogação na Publicação (CIP)
(Câmara Brasileira do Livro, SP, Brasil)

Rodrigues, Severino
  Dez mil voltas ao meu mundo / Severino Rodrigues; ilustração Zaire. – São Paulo: Editora do Brasil, 2019. – (Série cabeça jovem)
  ISBN 978-85-10-07494-0
  1. Ficção juvenil I. Zaire. II. Título. III. Série.
19-26400   CDD-028.5

Índices para catálogo sistemático:
1. Ficção: Literatura juvenil   028.5
Maria Alice Ferreira - Bibliotecária - CRB-8/7964

1ª edição / 5ª impressão, 2023
Impresso na Terrapack

Rua Conselheiro Nébias, 887
São Paulo, SP – CEP: 01203-001
Fone: +55 11 3226-0211

www.editoradobrasil.com.br

A BEL, CATARINA E SILLAS, PELO
EMPURRÃOZINHO QUE FALTAVA PARA
ESTA HISTÓRIA GANHAR O MUNDO.

JÚLIA

Gustavo nunca tinha prestado muita atenção em Júlia até aquele dia.

Antes de a colega de sala pedir ajuda à professora Lila, de Língua Portuguesa, ele já havia reparado que algo estranho estava acontecendo com a garota. E então demorou o olhar sobre Júlia, percebendo que ela respirava com dificuldade.

Gustavo não tinha achado Júlia bonita, linda ou gata no primeiro dia de aula. Nem no segundo. Muito menos durante o primeiro bimestre inteiro. Somente ali, em pleno segundo bimestre, no final de abril, quando notou que ela estava com o cabelo solto. O garoto só se lembrava dela com o cabelo enrolado e preso num coque.

– Professora, posso ir à coordenação? – pediu Júlia. – Não tô me sentindo muito bem...

Gustavo viu quando Kátia e Tathiana se voltaram para a amiga. E também viu o sorriso descorado que a nadadora do 7º ano B lhe deu enquanto se levantava. Sim, Júlia fazia natação. E, sim, aquele sorriso, ainda que meio apagado, foi para ele.

Talvez ela tivesse adivinhado que ele foi o primeiro a se preocupar, mesmo estando do outro lado da sala.

GUSTAVO

Mas, diferentemente de Gustavo, Júlia já tinha observado o colega de turma. E era impossível não notar. Gustavo era o mais alto da sala e, por isso, condenado a sentar no fundão. Ela também tinha visto o garoto jogando na equipe de basquete do Colégio João Cabral de Melo Neto, onde estudavam, e torceu por ele, junto, é claro, com todos os alunos da escola. Ou melhor, pelo Quinteto Fantástico, o criativo nome do time.

Em sala de aula, Gustavo só se destacava pela altura. Pelo menos, era isso que Júlia achava. O garoto não era o mais o bonito nem o mais inteligente.

Mas Júlia sabia que ele era um excelente jogador de basquete. O fato de integrar o Quinteto Fantástico deixava essa informação implícita.

Assim que Júlia entrou na pequena sala, a coordenadora Heloísa se aproximou preocupada:

– O que aconteceu? Está tudo bem?

– Estava com um pouco de falta de ar – explicou Júlia. – Mas já tô melhorando... Não precisa se preocupar.

– Vou ligar para o seu pai.

– Não, não, por favor – Júlia não queria deixar o pai preocupado. Isso significava mais pressão em cima dela. Só de pensar nas cobranças e preocupações exageradas do pai, o estômago parecia dar uma volta dentro da barriga. – Não quero ir embora mais cedo. Hoje tem Clube do Livro.

– Mas... – hesitou Heloísa.

– Se eu piorar, a senhora liga pra ele. Me deixa ficar só um tempinho por aqui. Tô melhorando... E a senhora sabe como meu pai é!

A coordenadora assentiu antes de perguntar:

– Alguma preocupação?

– O campeonato estadual de natação.

– Ah, entendi... Mas você vai tirar isso de letra! Não se preocupe, Ju! Você é a melhor! – concluiu a coordenadora, dando ênfase às qualidades da menina.

No entanto, elogios não eram suficientes para uma pessoa se sentir bem. Júlia sabia bem disso. E se lembrando de um vídeo que tinha visto outro dia, começou a inspirar e expirar devagar e discretamente. A nadadora tentava afugentar os pensamentos, os medos, a ansiedade...

3
O CLUBE DO LIVRO

As aulas terminavam ao meio-dia. Em seguida, na mesma sala 4, do 7º B, a professora Lila reunia os alunos mais aficionados por livros e literatura para discutir e compartilhar suas leituras.

Gustavo sabia. Mas não estava ali por isso. Ele precisava entrar de novo na classe e copiar os assuntos do teste de Português pela quinta vez. Ele conseguiu fazer isso quatro vezes antes da aula de Educação Física. Porém, por infeliz coincidência, eram quatro assuntos. Sua mente logo fez o cálculo. Quatro vezes quatro, dava dezesseis. Dezesseis para vinte, quatro. Ou seja, tinha que copiar mais uma vez para não morrer. Era exatamente isso que pensava. Que iria morrer. Tanto o cálculo quanto a ideia não faziam sentido, porém ele tinha que fazer. Ele não poderia ir para casa sem fazer. Eis o sentido de ele entrar novamente na sala para copiar.

– Gustavo, segura minha mochila – pediu Gabriela, irmã do garoto, e aluna do 6º ano A. – Vou ao banheiro e volto já.

Depois que ela sumiu de vista, Gustavo soltou a mochila da irmã. Ele não estava com a mochila dela na sala quando copiou os quatro assuntos quatro vezes. Não poderia repetir a ação com nada diferente.

O garoto respirou fundo e entrou. Ele não queria, mas sentia que precisava fazer. Sua cabeça exigia.

Gustavo se sentou novamente na cadeira de sempre e iniciou mais uma vez a cópia da lista de assuntos do quadro. Só que nem bem anotou o segundo tópico e a sala foi invadida pelos membros do Clube do Livro.

– Gustavo! – exclamou Lila sorridente, segurando a porta para que os alunos entrassem. – Veio participar do Clube?

Envergonhado, Gustavo ficou sem saber o que responder. Ele precisava continuar ali, faltavam apenas dois tópicos, mas também sabia que Lila já havia reparado que ele copiara, pelo menos, duas vezes os assuntos durante a aula. A professora e a mania dela de ficar caminhando pela sala, sempre ligada em tudo. Como detestou Lila nessa hora!

Sem alternativa, afinal de contas ele precisava continuar ali para escrever, balançou a cabeça em sinal positivo.

– Maravilha!

Quem não achou nada maravilhoso foi Gabriela, que veio com tudo para cima do irmão.

– Ah, é assim? Joga minha mochila lá fora? E se alguém rouba alguma coisa do meu estojo? Deixa você precisar de mim que você vai ver só o que eu vou fazer.

– Fica quieta!

Gabriela bufou, mas, mesmo assim, se sentou ao lado do irmão. Só então percebeu a estranha presença dele ali.

– O que você tá fazendo aqui dentro?

– Vim participar do Clube.

Gustavo notou quando a irmã franziu a testa. Ela sempre insistiu para ele participar. Assim evitaria de ele ficar reclamando enquanto esperava por ela nos dias em que tinha treino de basquete. Nesses dias, Gustavo precisava deixar a irmã em casa após o Clube e voltar correndo para não se atrasar. Só que havia um problema: o atleta não gostava muito de ler.

– E, aí, preparados para a atividade? – perguntou a professora de Português.

– Sim! – Todos responderam em coro.

Exceto Gustavo, concentrado em anotar o quarto tópico.

SORTEIO

Atrasada, Júlia entrou na sala.

A coordenadora Heloísa não tinha cumprido o combinado e ligou para o pai da garota. E ele tinha enchido a filha de perguntas: se ela estava bem, se queria ir para casa mais cedo, se estava realmente tudo bem, se comeu alguma besteira, se precisava ir ao médico, se eram problemas de mulher...

E concluiu reforçando que ela precisava se alimentar direito, descansar e que não poderia ficar doente de *jeito nenhum* às vésperas do campeonato estadual de natação.

Uma a uma, Júlia foi respondendo pacientemente a todas as indagações. O pai, então, parecendo mais satisfeito, desligou, mas antes pediu que se ela sentisse algo o avisasse. Ela era a coisa mais importante da vida dele, fez questão de frisar. E a vitória também.

– Coisa... Puff... – resmungou Júlia ao desligar.

Mas toda aquela preocupação não servia de nada. Em vez de acalmá-la, parecia deixá-la mais ansiosa, a ponto de sufocar.

Ao entrar na sala, a garota se surpreendeu com Gustavo ao lado de Gabriela. Nunca imaginou vê-lo ali, participando do Clube. Como Lila já havia feito o círculo, a única cadeira vaga que sobrou estava ao lado dele. Sentou-se.

– Toma! – Letícia, do 8º ano A, entregou para Júlia um bloquinho colorido de notas adesivas.

– Já começou?

– Pega um e passa adiante.

A garota assentiu, pegando uma folhinha e passando o restante do bloco para Gustavo. Ela comentou:

– Eu não imaginava que você gostava tanto de ler...

– E ele não gosta – interrompeu Gabriela. – Lê o livro do bimestre obrigado. Não sei o que tá fazendo aqui.

Júlia riu. Gustavo perguntou, fingindo que não tinha escutado a irmã:

– Professora, o que é mesmo pra gente fazer neste papel?

– Vocês vão escrever uma palavra, ou melhor, indicar um tema. A partir do tema sorteado, descobriremos a próxima leitura do clube.

Júlia viu quando Gustavo escreveu *basquete*. Ela sorriu. E escreveu a primeira palavra que lhe veio à cabeça: *medo*. Enquanto dobrava o papel, conseguiu ler a palavra *viagem* no papel de Gabriela.

Lila passou recolhendo as sugestões e colocou todas num envelope. Em seguida, explicou, misturando os papéis:

– Como a maioria sabe, em todo final de mês a dinâmica é diferente. Mês passado foi a vez dos livros adaptados para o cinema, e a gente leu *A culpa é das estrelas*, que vocês indicaram. Hoje, vocês sugerem o tema e, surpresa, um deles será sorteado! Depois, indico um livro clássico da literatura com essa temática. Desse modo, a gente sai um pouquinho da nossa zona de conforto. Mas chega de conversa. Lá vamos nós!

Então, a professora retirou um dos papeizinhos do envelope e desdobrou-o, mostrando a todos:

Viagem

– Tua sugestão, Gabi – disse Júlia.

A menina comemorou.

– Hum... – Lila fez cara de mistério. – O que será que vou indicar pra vocês?

– Professora, diga logo! – pediu Serginho, do 8º ano A.

– O escritor de mistério aqui sou eu – disse Alan, do 9º B.

– E que não seja nenhum livro que virou filme recentemente, pra todo mundo ler mesmo – quem deu a sugestão foi Gabriela, olhando para Gustavo.

– *A volta ao mundo em 80 dias*! – anunciou Lila. – Que tal conhecermos o mundo e a nós mesmos?

QUINTETO FANTÁSTICO

Gustavo quase perdeu a hora do treino.

Após o Clube de Leitura, o garoto correu para casa, a fim de deixar a irmã, como sempre fazia, e voltou ao colégio. Os treinos eram nas segundas, quartas e sextas, sempre às 14 horas.

Só que dessa vez não deu tempo de almoçar. Nas quartas, enquanto esperava a irmã sair do clube, Gustavo almoçava na cantina do colégio. Nessa, o jeito foi enganar a fome com três paçocas. Aliás, cinco. Três era pouco, cinco foi demais. Mas quatro seria mortal. Nunca o número quatro.

Ainda limpando a massa doce dos dentes com a língua, o garoto pensava como faria agora. Estava oficialmente no Clube de Leitura. Mas, pelo menos, tinha conseguido copiar discretamente os assuntos da prova pela quinta vez. São e salvo. E logo daria um jeito de sair do clube, alegando muita correria com os treinos e dificuldade em conciliar os horários. Simples, fácil e prático. Ou não.

Ao entrar em quadra, os quatro colegas da equipe principal já aqueciam.

– Bora lá, Caçula! – comandou Miguel, o professor de Educação Física dos sextos e sétimos anos, e também técnico do Quinteto Fantástico. – Não perde tempo, não! Chegou? Treinar! Vambora!

Gustavo ou Caçula, como era apelidado por ser o mais novo do time, cumprimentou os colegas Baixinho, Míope e Shrek. Todos tinham um apelido. Até Miguel, conhecido como Surfista Prateado por causa do cabelo grisalho.

– Capricha nessa bola de três pontos, viu? – cobrou o técnico, dando dois tapinhas nas costas do garoto.

– Xá comigo!

Por último, Gustavo se aproximou do capitão da equipe, Gênio, que além do cumprimento excessivamente forte, soltou um palavrão.

O professor Miguel censurou-o.

Gustavo balançou a mão dolorida. Gênio sempre exagerava. Não sabia brincar. Era o veterano e o mais competitivo do time. O rapaz já estava ficando fora de faixa, mas, por ser o melhor jogador do Quinteto, Miguel sempre intercedia por ele no conselho de classe.

– Vem, bebê! Vem, bebê! – provocou Gênio. – Pega essa bola!

As provocações de Gênio empolgavam a equipe. Mas Gustavo-Caçula não conseguiu tomar a bola. O garoto tinha se distraído com a presença de Júlia, na arquibancada, acompanhando o treino.

DUAS OU TRÊS AMIGAS

Júlia se sentou na arquibancada depois do almoço. Enquanto esperava a mãe para levá-la à natação, pensou em começar a leitura de *A volta ao mundo em 80 dias*. No *tablet*, já baixava o *e-book* usando o *wi-fi* do colégio.

Mas a garota estava meio ansiosa, de novo. O campeonato estadual de natação se aproximando. Se ganhasse, percorreria o país participando do regional, do nacional... E quem sabe outros países. Júlia balançou a cabeça para afastar os pensamentos. O *download* terminou. Ela clicou na tela para abrir o livro.

A atenção meio dispersa foi interrompida ainda na primeira linha:

– Ju, bora pro *shopping*? – era Tathiana.

– Aposto que ela vai treinar hoje de novo – asseverou Kátia, pendurada no pescoço da amiga.

Kat e Tathi, como Júlia as chamava, viviam para cima e para baixo. As três eram melhores amigas. Quer dizer, nos últimos meses, Júlia não tinha mais certeza disso. Ela vinha se sentindo meio por fora do trio, como se não fizesse mais parte dele. As duas amigas estavam sempre juntas e ela, por conta dos treinos e também por morar um pouco mais distante, nem sempre podia acompanhá-las. Para a garota, a amizade estava diferente.

– Não dá... – suspirou a nadadora do trio. – Tenho treino hoje. E semana que vem é o estadual. Meu pai nunca que me deixaria ir.

– Mas você pode treinar hoje? – perguntou Tathiana. – Tá se sentindo melhor?

– Não seria melhor descansar? – sugeriu Kátia.

– Foi só uma coisa boba. Nada demais...

– Só acho que você deveria ir com a gente pro cinema – Tathiana reforçou o convite. – Você tá treinando muito...

– Também, né? É filha do próprio técnico, que, ainda por cima, foi campeão nacional – relembrou Kátia. – Não sei como você aguenta tanta pressão.

– Nem eu... – Júlia confessou tão baixinho, que as amigas não escutaram.

– Bem, a gente vai indo por causa da hora – avisou Tathiana.

– Se mudar de ideia, manda mensagem – pediu Kátia.

– Tá...

A dupla se afastou. Júlia não teve mais humor para ler. Fechou a capa do *tablet* e colocou-o na mochila. Foi quando ouviu um sonoro palavrão.

Olhou para a quadra e viu Alexandre, o famoso Gênio, correndo para abraçar Gustavo. A vibração dos dois significava que tinham feito um bom lance. Ela não viu, mas era óbvio. Júlia percebeu que não sabia muita coisa de Gustavo, mas imaginava, ou melhor, pressupunha. Só não entendeu direito o motivo de ele entrar no Clube se não gostava de ler.

Pensava nisso, quando reparou que o caçula da equipe olhava na sua direção.

Sem jeito, ela pegou a mochila e se levantou para esperar a mãe na recepção do colégio.

CESTA DE TRÊS PONTOS

O treino estava puxado e a camisa de Gustavo colava no corpo. O garoto tentou arrumar inutilmente os cabelos que caíam sobre os olhos com o suor da testa. E, para completar, a barriga roncava, reclamando pela refeição que pulara.

Faltava apenas um minuto para completar o quarto tempo do jogo, e o caçula da equipe precisava fazer mais uma cesta de três pontos. Na verdade, os titulares só precisavam de mais um ponto para vencer o time reserva. Estavam empatados. Mas Gustavo já tinha feito quatro cestas de três pontos. Mas quatro não. O número quatro, não. Assim, fazendo mais uma cesta, resolveria dois problemas de uma só vez.

Nesse instante, Shrek passou a bola para Míope, que lançou para Caçula, que tentou mais uma bola de três pontos e... fora! A bola bateu no aro do cesto e voltou para a quadra.

Paulo, do time reserva, avançou com a bola, mas Gênio conseguiu retomá-la. O capitão passou para Baixinho que, encurralado, só teve tempo de lançar para Caçula, que arremessou de imediato, tentando mais uma vez um chute de três pontos. A bola deu uma volta sobre o aro, proporcionando dois segundos de suspense antes de atravessar o cesto.

E o apito soou indicando o fim da partida.

– É isso aí, pessoal! Todos vocês estão de parabéns! – comemorou o professor. – E continue assim, Caçula! A plateia vibra com um lance de três pontos garantindo a vitória no final – e com a palma da mão bagunçou os cabelos já desalinhados de Gustavo. – Agora tratem de se alimentar direito e descansar bem. Em breve, teremos um interestadual para encarar!

Gênio soltou um palavrão.

– Só agora o senhor fala isso? – completou.

– Tem pasta e escova de dente em casa, não? – ironizou o professor. – Lava essa boca, velho! Na próxima, vai para o banco.

O capitão do time bufou.

– Conta essa história direito, professor – pediu Shrek.

– É isso aí! – concordou Baixinho.

– O senhor falou interestadual? – perguntou Míope.

– Isso mesmo! Vamos para Maceió, meus heroizinhos!

O Quinteto Fantástico vibrou!

– Vamos encarar os Zumbis, do Colégio Jorge de Lima – completou o técnico.

A animação de Caçula, Shrek, Míope, Baixinho e Gênio desapareceu por completo.

NADO PEITO

Júlia mal emergiu para respirar quando ouviu o pai bradar, batendo palmas:

– Vamos, Júlia! Precisamos melhorar esse tempo! As Olimpíadas estão aí na porta! Vamos!

A garota inspirou fundo e tomou impulso mais uma vez na parede de azulejos da piscina. Em seguida, avançou o mais rápido que pôde. Nadar era esporte e, ao mesmo tempo, era sua hora de pensar. E, naquela tarde, um dos pensamentos que se agarrava à mente de Júlia, como uma rêmora a um tubarão, era se natação seria mesmo o que ela queria.

Ter em casa um pai campeão brasileiro do esporte, o famoso nadador Juliano Varejão, e que a colocou nos treinos ainda criança era, realmente, o maior exemplo e incentivo. Ela não se lembrava, mas sabia que ainda bebê fizera as primeiras aulas com o pai. Tanto na sala da casa quanto no quarto dos pais, havia uma foto de uma dessas aulas. Mas o que, no início, pareceu brincadeira e diversão, acabou se tornando cobrança e pressão. Tanta que até dava dor de barriga e aperto no peito. Para o pai de Júlia, só o pódio interessava. A famosa frase "O importante é competir" não se aplicava para ele. Muito menos para ela.

Júlia sentiu o estômago se contorcer só de lembrar que na semana seguinte enfrentaria o estadual. E ela tinha que ganhar. Não por ela, mas, principalmente, pelo pai. Não queria decepcioná-lo. Ele era campeão nacional, além de ser o seu técnico, logo, a garota não poderia fazer por menos. Ela tinha tudo e não queria devolver todo o investimento do pai com um resultado ruim.

"Vencer! Vencer! Vencer!"

Júlia sabia que não deveria pensar assim, mas não conseguia pensar de outra forma. E embora treinasse muito para um resultado positivo, a sensação é que ocorreria o contrário. Assim como o barco não tem controle sobre as ondas, ela não dominava a ansiedade e o medo que sentia. Aliás, se havia alguém naquele leme, era o pai, um capitão implacável e que desejava somente a vitória.

Com muito esforço, Júlia concluiu os cem metros. Mas quando o sonho, mesmo vindo do coração, se depara com o medo, a mente reclama e o estômago se revolta. E, desde o almoço, ela sentia a barriga inchada. Antes que seu pai pedisse mais um *tiro*, ela avisou que precisava ir ao banheiro. Mesmo assim, escutou:

– Júlia, não demore! Precisamos melhorar esse tempo!

A garota andou rápido, contraindo os glúteos, e quase não deu tempo de entrar no reservado do vestiário.

MUTANTES *VERSUS* ZUMBIS

No grupo do Quinteto Fantástico, o assunto não poderia ser outro:

Gênio
Bora! Bora! Bora! Treinar sábado, domingo, segunda! Todo dia!

Baixinho
A gente vai ser massacrado pelos Zumbis.

Míope
Eles são monstros!

Shrek
Literalmente você quer dizer? Como na aula de Port?

Shrek
💀

Shrek
Kkkkkkkk

Míope
Exatamente! 💀💀💀

Caçula
Não podemos ficar com medo, pessoal. Nós somos mutantes!!

Gênio
**Ehhhhh! No Quinteto Fantástico só tem mutante!
Somos super-heróis!**

Baixinho
**Mutantes versus Zumbis
Parece até nome de filme
Quadrinho
Não tem alguma coisa assim?**

Gênio
**Pode ser zumbi, vampiro, bruxo
Eu vou passar por cima de todo mundo!**

Caçula
É isso aí!

Míope
Alguém já foi pra Maceió?

Gênio
Sim!

Baixinho
Não, não!

Caçula
Tb não

Shrek
**Tenho uma prima que mora em Maragogi.
Fica perto?
De Maceió só conheço Maragogi.**

Míope
De Alagoas você quer dizer
Já fui pra Maragogi e Maceió.
Dá mais de duas horas de uma pra outra
Pra Maragogi fui no carnaval deste ano
Maceió faz tempo
Nem lembro direito
Eu era pequeno

Gênio
Bora treinar!
Bora treinar!
A gente não pode fazer feio fora de casa!!
Bateria 100% carregada pra cima deles!

Shrek
Falando em energia
Quem topa um açaí?

Baixinho
Não dá.
Já combinei de ir pro cinema
Hoje o ingresso é mais barato
Hehehehe

Míope
Tenho que buscar meu irmão na escola.

Gênio
Velho, tô exausto.
O treino de hoje foi puxado.
Já tomei banho, já comi, só me resta dormir.

Caçula
Eu vou!

> *Shrek*
> **Blz**
> **18h?**
> **Combinado?**

> *Caçula*
> **BLZ**

Assim como Shrek, Caçula era doido por açaí.

– Você vai mesmo participar do Clube do Livro? – Gabriela invadiu o quarto do irmão com um livro debaixo do braço. – Você nem gosta de ler.

– Gabi, não me enche! – o garoto, que estava deitado, deu as costas para a irmã. – Você deveria ficar satisfeita. Sempre me aporrinhou pra participar.

– Só achei estranho esse súbito interesse... Tá a fim de alguma menina do Clube?

– Tô a fim de ninguém, não. E me deixa em paz... – e, se voltando para a irmã, pediu: – Aliás, me empresta esse livro que eu vou ler agora.

– Só vou te dar porque tenho prova de Matemática amanhã e ainda não estudei. Agora vê se não desmarca onde eu parei.

Gustavo pegou o livro e examinou a capa. O adesivo branco com a numeração da biblioteca. Nenhum número quatro.

Conferiu na tela do celular que ainda faltava uma hora para o açaí combinado com Shrek.

E agora que tinha se metido no Clube do Livro o jeito era ler. Quem sabe três ou cinco páginas?

Mas nunca quatro páginas. Nunca o número quatro. Nunca.

Folheou o primeiro capítulo e contou sete páginas, incluindo as ilustrações. Sentiu certo alívio. Nem quatro nem múltiplo de quatro. O problema agora seria outro...

AS DUAS FACES DO HERÓI

> *Kat*
> Teu pai é o maior gatinho, Ju.

> *Ju*
> Kkkkk
> Isso ele é sim!

> *Tathi*
> Tava stalkeando o insta dele foi?

> *Kat*
> Só um pouquinho
> Hahaha

> *Tathi*
> Kat não pode ver um carinha bonito no Instagram
> Sai logo dando like

> *Ju*
> Quer ele de presente, Kat?
> Eu dou.

> *Kat*
> Uiaaa
> Quero!
> Kkkkkkkkkkkk

> *Tathi*
> Que revolta é essa, amiga?

Ju
Não aguento mais meu pai falando em treino, competição 24 horas por dia
Não aguento!!
Me sinto sufocar!!

Kat
Tb, né?
Ele é seu pai
Seu treinador
E quer você nas Olimpíadas
Queria o quê?

Ju
Mesmo assim...
E se eu não for campeã?
E se eu não quiser ser nadadora profissional?

Tathi
Ooooii???!!!

Kat
Ju!
Você quer desistir da natação????

Ju
Não foi isso que eu disse
Eu só levantei uma hipótese

Tathi
Calma!
Calma aí!

Kat
Ele vai surtar.
Vc sabe né?

Júlia hesitou um pouco. A garota tinha que reconhecer que o pai fazia tudo por ela. Ou por ele? Aquele sonho de ser medalhista olímpica era de quem afinal? Ela respirou fundo antes de digitar:

> **Ju**
> Não vou desistir
> Não foi isso que eu quis dizer
> Só que talvez eu não queira ser como meu pai

> *Tathi*
> **Mas você não pode desistir agora**
> **Faltando uma semana pro estadual!**
> **Vc vai ter que enfrentar a fera!**

> *Kat*
> **Tathi tem razão**
> **Ele vai ficar decepcionado**

> **Ju**
> Eu sei, eu sei...
> Vocês não fazem ideia de como eu sei disso.

Júlia soltou o celular no sofá sem nem se despedir das amigas.

Porém, mais cedo ou mais tarde, a garota precisaria decidir. E, caso quisesse desistir, teria de enfrentar o pai. Lançou o olhar para o porta-retratos sobre o *rack*. Na foto, o grito de vitória do pai, ainda dentro da piscina, após vencer uma das muitas competições que participou. E, ao lado, outra foto com ele exibindo o sorriso de dentes grandes com ela, ainda bebê, na primeira aula de natação.

SHREK

Dez vezes. Gustavo não aguentava mais reler o primeiro capítulo. E tentava controlar os pensamentos para que a vontade de reler não crescesse. Dez não era quatro, nem múltiplo de quatro, nem divisível por quatro. Não iria morrer. Poderia parar de ler tranquilo, embora a vontade de uma décima primeira leitura quisesse invadir a sua mente.

Respirou fundo e pegou o celular. Viu na tela do aparelho que estava atrasado. Eram 17h54 e precisava se arrumar. Mesmo assim, esperou dar 17h55 para se levantar e correr para o banho.

Tomou uma ducha rápida e desceu para a Avenida Conselheiro Aguiar. Shrek já estava lá na açaiteria, olhando o cardápio.

– Dale, Shrek!

– Dale, Caçula!

Shrek, na realidade, se chamava Douglas. Quando pequeno, o garoto era fã dos filmes do famoso ogro dos cinemas e o tema da festa de cinco anos não poderia ser outro. E com direito à caracterização. Invenção da mãe. Na formatura do 5º ano, ela enviou uma foto do aniversariante verde para o vídeo que o colégio faria em homenagem a todos os alunos. Não precisou de mais nada. Desde então, o apelido pegou.

Gustavo e Shrek fizeram os pedidos. Shrek incluiu uma garrafinha de água.

– Tenho que correr – disse Shrek. – Tô ficando acima do peso.

– Começa não bebendo líquido antes das refeições, atrapalha a digestão.

– Eu sei, eu sei... Mas você demorou muito. Fiquei com sede.

– Ainda bem que sou magro de ruim, como diz minha irmã – falou Gustavo.

– Pois é, papai, ser jogador é pressão.

– Demais!

– Ainda bem que a gente não tem técnico e pai ao mesmo tempo, como a Ju.

– O pai dela é técnico? – perguntou Gustavo.

– Sabia, não? Foi campeão brasileiro de natação. Chegou até a participar de uma Olimpíada. E, é claro, quer a filha no mesmo caminho. A pressão ali deve ser vinte e quatro horas por dia, mano!

A água chegou primeiro. Shrek encheu os dois copos e tomou o dele em seguida. Gustavo tentou beber todo o conteúdo em apenas três goles. Quase o último não descia. Por pouco não se engasgou. Mas o número quatro, não. Nem na divisão de goles de um copo-d'água.

Nesse momento, o caçula do time de basquete viu Kenji, colega de sala de Gabriela, entrando na açaiteria com Makoto. Eram primos. E descendentes de japoneses.

E Gustavo se lembrou do dia em que passou a evitar o número quatro de todas as formas.

VAI DAR TUDO ERRADO

Júlia acordou completamente desorientada. Não sabia se ainda era quarta, se já era quinta, que horas eram. A fome apertava, estava meio enjoada, sentia a barriga inchada e uma dor lancinante na perna. As imagens do pesadelo que tivera ainda estavam vívidas na sua mente.

Ela tinha perdido a competição. E o pai dissera que estava muito decepcionado. Muito. Ela tentara falar com ele, explicar, até dissera:

– Te amo, pai.

Mas ele lhe virou as costas com rispidez em um misto de raiva e decepção.

De repente, o cenário ficou diferente. Não era a piscina do clube. Quer dizer, ela estava na piscina, que estava no lugar da quadra da escola. Ao redor, na plateia, os alunos do Clube do Livro lendo... livros! Ninguém olhava para a piscina. Apenas um. Gustavo, o irmão de Gabriela, observava a nadadora. E arregalou os olhos como se visse algo além dela. Júlia se assustou. Uma mancha cinza se movia na água. Um tubarão. Ela nadou o mais rápido que pôde, mas sufocava, engolia água, que também entrava pelo nariz. E, de repente, sentiu uma dor descomunal na perna. O ataque.

Júlia acordou com a perna dolorida. Tudo pareceu tão real. Mas não era. Estava em casa, porém completamente desnorteada sobre que dia era, que horas eram. Recolheu as pernas para abraçá-las. E ficou rememorando o pesadelo. Para, em seguida, lembrar-se da competição.

"Vai dar tudo errado. Vai dar tudo errado."

A garota sentiu uma onda de calor e angústia envolvê-la. Quis se desesperar e chorar, mas seus pais já deveriam estar chegando. Nas últimas semanas, o pai buscava a mãe no trabalho, a fim de economizar combustível, cada dia mais caro. Ao conferir a tela do celular, viu que passava das seis e meia da noite. Talvez já estivessem subindo pelo elevador.

"Eu preciso ganhar. Eu preciso ganhar."

Nessa hora, ganhar, porém, lhe pareceu a pior coisa do mundo. E relembrou os pensamentos da tarde. Se ela ganhasse, poderia participar de competições em outros estados. E logo, logo, estaria viajando de avião por todo o mundo. E se fosse escalada para as Olimpíadas? As próximas seriam no Japão, na França e nos Estados Unidos. Ela teria que sobrevoar quase todos os oceanos. Pela primeira vez na vida, Júlia pensou que ganhar poderia ser a pior coisa do mundo. Um estranho medo de voar vinha tomando conta dela.

Mesmo com vontade de ir ao banheiro, de comer e também com a garganta travada de sede, ela preferiu continuar agarrada às pernas e em posição fetal. Sentiu uma coceira no cabelo, detrás da orelha. Coçou. A sensação de alívio lhe deu alguma calma. A vontade de coçar aumentou. Com a ponta das unhas, esfregou o local com vigor. Coçou. Coçou. Coçou.

Júlia escutou a porta da sala abrindo. A garota precisava se acalmar para que seus pais não se preocupassem. Mas ficava cada vez mais difícil. Ela se sentia como um golfinho preso em uma rede de pesca, como se não tivesse controle algum de seu futuro.

O NÚMERO 4

Cerca de dois meses antes, o Quinteto Fantástico estava reunido em uma das mesas da açaiteria, comentando cada lance da vitória contra os alunos do Colégio Manuel Bandeira. O jogo tinha sido acirrado e, se não fosse pelo trabalho em equipe de Gênio, Baixinho, Míope, Shrek e Caçula, eles não teriam conseguido.

Gustavo, no entanto, se sentia estranho. Achava que tinha algo errado. Venceram sim. E ele que havia entrado no início do ano na equipe já era considerado um dos destaques. Mas algo, dentro da cabeça dele, dizia que não era merecedor dessa sorte. Provavelmente havia alguma coisa errada. Duvidava do merecimento de estar no time. E uma sensação de que algo ruim pudesse acontecer a qualquer momento surgia de instante em instante na mente do garoto.

– Vocês são feras! Vocês são feras! – elogiou Danilo, aluno do 6º ano, que se aproximou ao lado de mais dois amigos de sala.

– Vimos o jogo todo. Foi demais! – acrescentou Robson.

– Podemos tirar uma foto? – perguntou Kenji.

– É claro! – Gênio confirmou por todos. – Só se for agora!

Gustavo sabia que Gênio gostava desses cinco minutos de fama e se aproveitava disso para dar em cima das meninas do colégio. E, por ser o mais velho da equipe, parecia atrair a atenção de todas. Os demais não tinham muita chance. Como fãs, tinham apenas os alunos do Fundamental I ou do 6º ano.

Aliás, do Quinteto, apenas Baixinho tinha namorada. E o engraçado é que, embora ele fosse o jogador de basquete, ela era mais alta que o namorado.

– Ainda bem que vocês são o Quinteto Fantástico e não o Quarteto – disse Kenji.

– Com certeza! – riu Míope. – Somos melhores!

– Vê só se o filme do Quarteto não foi um fracasso? – continuou Kenji enquanto os amigos conferiam se as fotos tinham ficado legais. – Mas, como vocês são cinco, é só sucesso!

– Por quê? – quis saber Gustavo.

– Para os japoneses, o número quatro dá azar, simboliza a morte – explicou o garoto do 6º ano antes de ir embora.

O time inteiro achou a explicação inusitada. Menos Gustavo. Ele tentou afastar aquela informação da cabeça. Mas já era tarde. Ela se fixou ali como um adesivo que, colado à capa do caderno, jamais se solta sem destruir a imagem.

Nesse mesmo dia, Gustavo terminou o copo de suco de laranja em cinco goles.

A PIZZA

Era raríssimo os pais de Júlia jantarem com a filha. Cada um sempre tinha uma ocupação. Montavam seus pratos e se espalhavam pela casa. Ela, então, aproveitava para digitar alguma mensagem para as amigas entre uma garfada e outra.

Mas, na quarta, o pai da garota se dera ao luxo de comprar uma *pizza*. Talvez quisesse aliviar a ansiedade da filha lhe proporcionando um jantar diferente. Por isso, dessa vez, estavam os três sentados na sala.

Diferentemente do pai, que comia com a mão, Júlia pôs sobre as pernas o prato com a fatia. A *pizza* estava gostosa, mas ela não sentia fome. E mal falava. Parecia que as palavras se agarravam aos dentes como pequenos monstrinhos que não queriam sair do esconderijo.

As palavras não saíam, e a *pizza* entrava com esforço. Pouco espaço para muita coisa.

Ela queria conversar com o pai, se abrir, dizer que só queria ser uma garota normal, como os colegas que iam à escola e ficavam ociosos o resto do dia.

Mas a felicidade do pai, ali junto com a mãe, fazendo planos de uma possível viagem a Salvador, onde seria o regional, não merecia ser interrompida. Principalmente por uma reclamação boba como um enjoo.

Júlia insistiu, engolindo com dificuldade. Terminou a fatia com sacrifício.

Mas o pai, parecendo não notar, colocou outra fatia de pizza para a filha. Ele agora ria contando alguma história engraçada do trabalho, mas a garota não prestava nenhuma atenção.

Júlia tentou comer mais um pedaço, mas as pequenas criaturas que pareciam habitar dentro dela protestaram.

– Pai...

– O que foi? – o pai de Júlia estranhou o tom da garota.

– Minha filha, você tá pálida – comentou a mãe preocupada, se levantando.

– Acho que vou vomitar – e Júlia saiu em disparada para o banheiro.

Mas não deu tempo de se abaixar sobre a privada. Ali, na porta, o vômito se espalhou entre o banheiro e o corredor.

NÃO!

Após o treino de sexta, todo o Quinteto se concentrou na açaiteria antes de ir para casa.

Os cinco jogadores estavam tão focados e suando literalmente as camisas, que Gênio, para provar, tinha espremido a própria, sujando a quadra e recebendo uma reprimenda do Surfista Prateado, ou melhor, do professor Miguel.

Gustavo percebeu que o técnico parecia cada vez mais insatisfeito com Gênio. A paciência do professor se esgotava.

Enquanto devoravam as tigelas de açaí, comentavam sobre o jogo que se aproximava e prometia ser difícil. Decidiram pegar mais pesado nos treinos da próxima semana.

Ao chegar em casa, Gustavo encontrou a irmã e a amiga dela, Ariadne. As duas conversavam à mesa da sala. Havia livros, cadernos, estojos e canetas espalhados.

– Boa noite – cumprimentou o garoto.

– Boa noite, Gustavo – respondeu Ariadne.

– Cadê a mãe? – perguntou o jogador à irmã.

– Tá no escritório, elaborando umas provas pra faculdade – avisou Gabriela.

– Se eu jogar na tevê da sala, atrapalho vocês?

– Sinta-se em casa – brincou Ariadne.

– A gente já tá terminando – explicou Gabriela.

Gustavo pegou o controle da sala. Mas hesitou antes de apertar o botão. Contou mentalmente até três. Depois, escolheu FIFA e selecionou o Paris Saint-Germain três vezes. Mas, dessa vez, o número três pareceu pouco. E se ele tivesse errado a conta? Ele sabia que não tinha errado. Mas precisava repetir a seleção. Selecionou o time mais três vezes. Ao todo, seis. Para dez, faltavam quatro. Quatro, não. Fez mais uma e completou as nove. Tudo aquilo não fazia sentido, mas ele não podia controlar. Era mais forte que ele.

E a cabeça pedia mais uma vez para repetir. Só para se certificar. Só mais uma. Só que Gustavo não aguentava mais. Foi quando ele disse:

– Não!

– O que foi? – perguntou Gabriela, da mesa da sala.

Então, Gustavo percebeu que tinha falado alto demais.

– Não é nada, não – contou dois nãos. – Não se preocupe.

A garota deu de ombros e se voltou para o *tablet*. Mas o pensamento de Gustavo estava ali, preso a ele, como um papagaio de pirata, com as garras firmes em seu corpo e enraizadas até a alma. Lembrou-se do livro que lera no ano passado para a professora Lila, *A ilha do tesouro*, de Robert Louis Stevenson. Lembrou-se do Clube e da leitura parada. O capítulo dois a esperá-lo.

E a vontade, a necessidade, o desespero por repetir o movimento de apertar o controle do jogo crescendo dentro dele. Se não o fizesse, algo ruim aconteceria. E, por mais que tentasse, não conseguia deter esses pensamentos.

– Não! – bradou, selecionou o Paris Saint-Germain de novo e desligou a tevê em seguida.

Pulou do sofá e viu que Gabriela e Ariadne olhavam para ele sem entender.

– Preciso adiantar a leitura do Clube do Livro. Já ia me esquecendo.

A irmã retirou o livro da mochila sem dizer uma palavra e entregou-o ao irmão. Ele seguiu para o quarto fingindo que nada tinha acontecido, que tudo estava bem. Mas ele sabia que não estava.

OS EXAGEROS DE CADA UM

Júlia se deitou de lado na cama. A mãe tinha dobrado o travesseiro para que a cabeça dela ficasse um pouco mais alta.

– Se não estava se sentindo bem, tinha que ter avisado pra gente ir ao hospital – recriminou o pai da garota. – Você não pode ficar doente agora!

– Bem menos, meu amor, bem menos – amenizou a mãe. – Ela já colocou tudo pra fora e tomou um chazinho. Está melhorando. Se piorar, iremos ao médico. Ela não está com febre nem com dor de barriga.

– Tomara que não seja nada demais mesmo – disse o pai, visivelmente preocupado. – Segunda vez esta semana que ela passa mal, e semana que vem temos o estadual. A gente não pode perder essa oportunidade. Sem falar que as Olimpíadas se aproximam, e eu quero a nossa filha lá! E você também quer, não é, Júlia?

A garota não conseguiu responder.

– Vamos deixar nossa filha descansar – pediu a mãe. – Qualquer coisa, chama a gente.

Júlia não disse nada. Sentia dificuldade para falar e até respirar. Essas simples ações pareciam pesar. Era como se tudo estivesse mais lento.

Ela esperou os pais saírem para pegar o celular. Havia uma mensagem de áudio de Kátia. Mensagem *encaminhada*.

Encaminhada

Amigaaaaa, você não sabe o sufoco que passei agorinha. Achei que fosse morrer! Mas não. Tô viva. Sobrevivi! Comemore! Mas sabe o que aconteceu? Fiquei presa no elevador! Que agonia! Filme de terror! E olha que foi no meu prédio mesmo. Faltou energia e por uns segundos o danado parou de funcionar. Mas ainda bem que tinha gerador e voltou loguinho. Pensou que eu tinha ficado presa por horas? Pensou errado! Aí, não iria sobrar Kat nenhuma para contar a história. Mas pense numa aflição! Nunca mais ando de elevador. Mas pera. Eu moro no quinto andar. Ai, ai, ai. Não vou ter como fugir.

Dois pensamentos invadiram a cabeça de Júlia. O primeiro martelava a palavra *encaminhada*. A garota tinha certeza de quem fora a primeira a receber o áudio: Tathiana. Júlia era sempre a segunda a saber. Sempre? Sempre... Pelo menos, essa era a impressão que tinha.

O segundo pensamento era sobre ficar presa dentro de um elevador.

"Ai, ai, ai. Não vou ter como fugir."

A nadadora ficou ainda mais enjoada.

CONTATO SURPRESA

Gustavo se jogou na cama, que estalou. Por um momento, o garoto ficou quieto, à espera. Mais por medo de que a mãe tivesse ouvido do que de ter quebrado a cama.

Na cabeceira, pôs o travesseiro na vertical, recostou-se e ficou mexendo no celular aleatoriamente. Leu mensagens, mas não respondeu. Viu fotos e vídeos, mas não curtiu. Não queria interagir com ninguém, somente consumir informações, torcendo para não sentir necessidade de repetir tudo depois.

Mas uma mensagem atrapalhou seu silêncio:

> Oi! Boa noite!
> Já leu o livro?

Era Júlia. Ele reconheceu pela foto do cabelo preso num coque. Gustavo não tinha o número dela salvo. Adicionou na agenda e depois digitou:

> Oi
> Boa!
> Tô lendo
> Li apenas o primeiro capítulo

E teve vontade de acrescentar "dez vezes". Chegou a digitar, mas não enviou. Apagou.

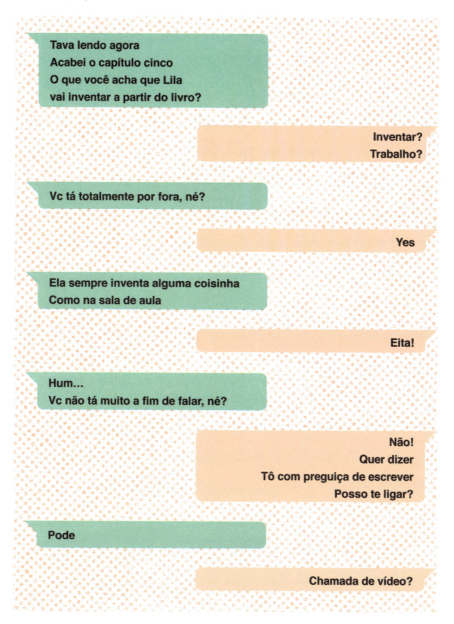

Tava lendo agora
Acabei o capítulo cinco
O que você acha que Lila vai inventar a partir do livro?

Inventar?
Trabalho?

Vc tá totalmente por fora, né?

Yes

Ela sempre inventa alguma coisinha
Como na sala de aula

Eita!

Hum...
Vc não tá muito a fim de falar, né?

Não!
Quer dizer
Tô com preguiça de escrever
Posso te ligar?

Pode

Chamada de vídeo?

Júlia demorou digitando. Gustavo já imaginava a resposta, como o cabelo estar todo bagunçado, os pais por perto ou ainda que ela não estivesse em casa. Apesar da demora, a resposta foi:

Sim

A APOSTA

Mas Júlia não esperava que Gustavo ligasse tão rápido.
– Alô, Júlia.
– Oi, Gustavo. Pera – atendeu a garota ainda se endireitando na cama.
– Tá.
– Pronto. Tava me ajeitando aqui.
– Eu percebi – riu o garoto na tela. – Tranquilo.
A nadadora percebeu que o colega de sala estava meio sem graça. Era a primeira vez que eles se falavam por meio de uma chamada de vídeo. Ela decidiu colaborar retomando o assunto da leitura:
– Quer dizer então que você só leu um capítulo?
Gustavo coçou a testa antes de dar uma resposta genérica:
– Só penso nos treinos ultimamente. Mal tô tendo tempo pra tocar no livro.
– Lê um pouquinho sempre na hora de dormir. Quando você viu, já acabou.
– Ou dormiu.

– Também.

Os dois riram.

– Ah, sobre as coisas que Lila inventa, são atividades bem legais a partir do livro. Mais ou menos como aquelas que ela faz em sala, só que dessa vez não vale nota nem nada. É por prazer mesmo.

– Entendi... Menos mal. Se eu não fizer alguma, não perco ponto.

– Mas você tá gostando?

– Do Clube ou do livro?

– Dos dois – riu Júlia.

– Do Clube, ainda não deu para sentir direito. E do livro só li o primeiro capítulo. Mas gostei, sim.

– Achei o Phileas Fogg meio estranho. Cheio das manias... Demitiu o criado só porque ele trouxe a água com a temperatura errada! Exagero, não?

– Até que gostei do Mister Fogg – confessou Gustavo meio sem graça, como se não quisesse discordar da colega de sala. – Mas todo mundo tem suas manias. Cada um com as suas.

– Você tem razão – Júlia foi obrigada a concordar. – Estranho mesmo é o nome do novo criado: Passepartout. Parece "Passaporte".

– Ele é contratado no segundo capítulo?

– Exatamente. E gostei mais dele. Ah, como eu queria uma vida sedentária. Sem treinos nem competições.

– Não sei viver sem treinos e competições – disse Gustavo. – Mas você não quer ser nadadora profissional?

Júlia sorriu sem graça.

– É muita pressão...

– Quem dera eu pudesse chegar à NBA e morar nos Estados Unidos – a garota teve vontade de interromper Gustavo para saber o que era NBA, mas

preferiu descobrir no Google depois. – Mas logo você vai estar dando a volta ao mundo que nem o Mister Fogg – ele continuou. – É isso que ele vai fazer, né? Mas, pelo que entendi, essa moleza não deve durar muito, né?

– Até onde li, Phileas Fogg fez uma aposta com o pessoal da Reform Club, afirmando para os companheiros de clube que dará a volta ao mundo em 80 dias. "Passaporte" se resignou a ter de acompanhar o patrão mesmo sem querer, todo mundo ficou apostando se o esquisito ia conseguir ou não e, para completar, aparece Fix, um detetive, que confunde Phileas Fogg com um ladrão foragido.

– Sem *spoilers*! Sem *spoilers*! Não conta a história do livro todo senão vai perder a graça.

– Desculpa! – pediu Júlia colocando a mão na boca. – Me empolguei e falei demais.

Só então a garota percebeu que o enjoo passara e tinha até conseguido falar bastante. Conversar com Gustavo fizera bem pra ela.

– Sem *spoilers*! Sem *spoilers*! Sem *spoilers*! – repetiu Gustavo sorrindo meio sem graça na tela.

– Tá bom! Já ouvi. Não precisa repetir. Não vou falar mais nada.

Um breve silêncio se instaurou na conversa.

– Vou continuar a leitura do livro – anunciou o jogador de basquete.

– Tá – Foi a única palavra que Júlia usou para responder.

Mas ela queria continuar falando com ele. Ou sobre o livro, ou sobre qualquer outra coisa. Teve uma ideia.

– Vamos fazer uma aposta?

– Como assim?

– Vamos ver quem termina primeiro o livro?

– Pode ser... – Gustavo confirmou. – E qual vai ser o prêmio?

– Prêmio?

– Uma aposta tem que ter um prêmio, né? A do Mister Fogg não tem?

– Tem sim. Já tinha me esquecido desse detalhe... Que tal um lanche?

– Um açaí?

– Por mim, combinado.

– Beleza! Quem terminar o livro por último, paga um açaí pro outro – resumiu Gustavo. – Agora tenho que desligar. Estou perdendo uma aposta.

Júlia riu. E acenou:

– Então, tchau!

O ARREPENDIMENTO

– Tchau – disse Gustavo e encerrou a chamada.

E o garoto enfiou a cabeça no travesseiro arrependido da ligação e, principalmente, da aposta. Como é que ele venceria algo em que ele demorava mais tempo do que os outros? Ele precisaria parar de repetir. Mas tinha a sensação de que morreria se não fizesse isso.

O jogador de basquete ficou com vontade chorar. Mas a cobrança era tanta que nem tempo para as lágrimas ele tinha. Pegou o livro e, antes de abrir, tentou se convencer de que não seria necessário repetir nada durante a leitura. Porém, ao começar, nem acabou o primeiro parágrafo e a cabeça já pedia para que ele relesse...

Como duas bolas de basquete com vontade própria, duas lágrimas percorreram o rosto de Gustavo.

SOZINHA NO MUNDO

Júlia se levantou, acendeu a luz do quarto, foi ao banheiro fazer xixi, voltou, apagou a luz e procurou o celular perdido sobre a cama. Balançou-o para que a tela exibisse a hora: 00h30.

No apartamento, o silêncio e a escuridão predominavam. A garota desbloqueou o aparelho e verificou se Kátia ou Tathiana estavam conectadas. Nem uma, nem outra.

A garota, então, lembrou-se da história do elevador. E se fosse com ela? O que faria? E se o celular ficasse sem cobertura ali dentro? Virou-se e deu de cara com a lombada do livro de Júlio Verne: *A volta ao mundo em 80 dias*.

E se por acaso se tornasse a maior nadadora do país e tivesse que viajar pelo mundo todo competindo? O estômago da garota não gostou muito da ideia.

Ela fechou os olhos, tentando se imaginar dentro de um avião voando para a sua primeira Olimpíada. Inspirou e respirou lentamente, procurando se acalmar. Foi em vão.

Assim, deitada, com os olhos fechados, se lembrou de outro livro. Na realidade, uma adaptação que leu uns anos atrás: *As viagens de Gulliver*, de Jonathan Swift. Logo no início da história, Gulliver é aprisionado à beira do rio ao ser confundido como um gigante pelos liliputianos, habitantes da ilha onde ele fora parar. Júlia se achava um pouco Gulliver, amarrada por pequenos pensamentos. E talvez o pai dela também concordasse com a comparação, mas por outro motivo. Considerava Júlia uma gigante, digna de uma medalha de ouro olímpica, mas ela era uma menina de tamanho normal. E com muitos medos. Apenas isso. Ou tudo isso. Será que ele entenderia?

Sentindo-se sozinha no mundo, como a única garota com medo de voar em busca dos sonhos, seus olhos se transformaram em duas piscinas, que transbordaram.

NO MEIO DO CAMINHO

— Falaí, Caçula! Tás lendo o quê?

Gustavo aproveitava o intervalo para adiantar a leitura. Já que demoraria mais para concluir o livro, era melhor se dedicar por mais tempo então. Durante a semana, fugiu dos parceiros do time de basquete, escondendo-se numa das escadas do colégio para acompanhar as peripécias de Phileas Fogg e Passepartout, seguidos incansavelmente pelo detetive Fix.

Ao se voltar, Gustavo viu Paulo. Um dos reservas do Quinteto Fantástico. O caçula da equipe se limitou a mostrar a capa do livro. O outro leu:

— *A volta ao mundo em 80 dias*.

— Isso. É do Clube do Livro.

— Você não deveria estar nesse Clube.

Gustavo teve de concordar. Mas algo no tom de voz do colega fez com que ele não movesse a cabeça em sinal de positivo. Paulo prosseguiu:

– O basquete já exige tempo demais. Ou você lê ou joga basquete. Lembra que você não pode decepcionar o time no domingo. Miguel gosta muito de você – e esfregou os cabelos de Gustavo num carinho um tanto agressivo.

O garoto não falou nada e deixou Paulo se afastar.

Gustavo sabia que entrar no time e se tornar um dos titulares era uma responsabilidade tremenda. E, é claro, os reservas também gostariam de um lugar ao Sol. A autocobrança do caçula do time só aumentava.

MISTÉRIO

Júlia também embarcou com mais afinco na leitura de *A volta ao mundo em 80 dias*. Queria ganhar a aposta e, de quebra, se distraía, esquecendo a competição que se aproxima. Porém, após algumas páginas, a garota percebia que não assimilava mais nada do que lia. Era quarta-feira. Em menos de 48 horas, na sexta, estaria nadando em busca da vitória. Ou não.

Os pensamentos de Júlia foram interrompidos pela entrada de Lila na sala. Todos os alunos do Clube que já a aguardavam ficaram intrigados quando ela trouxe uma enorme caixa de papelão, que parecia pesada. Gabriela correu para segurar a porta e Bernardo se ofereceu para ajudá-la, mas a professora recusou.

– Sou forte – respondeu com um sorriso. – Tira só o apagador de cima do birô, por favor.

Bernardo obedeceu. Júlia e todos os alunos da oficina se aproximaram.

– O que é isso, professora? – perguntou Gabriela, chegando mais perto.

Todos imitaram a garota. Menos Gustavo, reparou Júlia. O garoto seguia lendo compenetrado desde o momento que chegara.

– Lila?

À porta, quem chamava era a coordenadora Heloísa.

– Aqui o material que pediu – e, se voltando para a turma, cumprimentou os alunos. – A propósito, boa tarde!

Os alunos responderam em coro.

– Muito obrigada, Helô – agradeceu Lila, pegando com uma mão um punhado de pincéis e na outra uma sacola com potes de tinta.

– Lila, você não está confundindo as oficinas? – perguntou Beatriz. – Somos de Literatura e não de Arte.

– E quem disse que Literatura não é arte? – retrucou a professora.

– Mas... – a garota ficou sem jeito.

– Serginho, não mexe na caixa – Lila fingiu que daria uma tapinha na mão curiosa do rapaz que já tentava levantar a tampa. – Quero todo mundo sentado. Já, já, vocês vão saber o que é isso. Mas tem tudo a ver com a volta ao mundo que estamos dando. Quem já chegou à Índia?

Todos levantaram a mão, menos Gustavo. Nesse momento, a nadadora percebeu que o jogador de basquete da turma não estava em quadra. Quer dizer, na sala.

– Então, todo mundo sabe qual o animal que Mister Fogg comprou para atravessar as florestas indianas?

– Um elefante – respondeu Gustavo. – Kiuni, o nome dele, para ser mais exato. Acabei agorinha mesmo o capítulo onze.

Júlia franziu o cenho. O jogador de basquete a alcançara na leitura. Ela teria que acelerar para não perder a aposta.

SOBRE LIVROS E ELEFANTES

Gustavo tinha que dizer exatamente aquelas palavras. Contar aos outros que acabara de ler o capítulo onze era uma forma de tentar não repetir, pela terceira vez, a leitura daquele capítulo. Desde o capítulo quatro que ele vinha conseguindo se segurar para só reler três vezes cada um deles. Domar o próprio cérebro não era a coisa mais fácil do mundo. A negociação era cansativa e penosa.

– Ótimo! – elogiou Lila. – Era exatamente aí que eu queria que vocês chegassem. Essa travessia nas costas de um elefante foi uma das mais criativas sacadas de Júlio Verne. Inclusive, essa é uma das cenas mais usadas na capa dos livros. Mas me digam: já leram alguma história com um elefante?

Gustavo estranhou quando Gabriela levantou a mão. Ele não se lembrava de nenhuma história.

– Sim! Minha mãe contava uma história pra gente, meu irmão e eu, dormir.

– Contava? – o jogador acabou perguntando alto demais.

Gabriela fechou a cara, como se o irmão a tivesse acusado de mentirosa.

– Você que é muito esquecido! Era um livrão que tinha dois elefantes na capa. *História de dois amores*!

– Do Carlos Drummond de Andrade! – disse a professora. – Um livro lindo!

– Ah... – fez Gustavo se lembrando. Diferentemente da irmã, a memória dele não era tão boa para autores e títulos. E a mãe leu muito para os dois quando menores.

– Do Drummond também tem um poema chamado "O elefante" – disse Letícia.

– Sim! – concordou Lila. E, em seguida, declamou: – *Fabrico um elefante / De meus poucos recursos*... Quem mais?

Agora foi a vez de Júlia:

– No quinto ano, a gente leu *Gente de estimação*, do Pedro Bandeira. Nesse livro, as relações mudam: o elefante é como se fosse o dono e o menino da história, o bicho de estimação dele.

– Já li! Incrível!

– Vale no título e como metáfora? – Alan perguntou.

– E por que não?

– *Os elefantes não esquecem*, da Agatha Christie – disse o rapaz do 9º ano.

– Também já li! – comentou Lila.

– E um elefante devorado por uma jiboia, parecendo um chapéu, em um *O pequeno príncipe*?

– Bela lembrança, Bia!

– Que memória de elefante! – brincou Serginho.

Todos riram.

Gustavo, que não se lembrou de nenhum livro com elefante, devolveu a pergunta para a professora:

– Se lembra de mais algum que tenha elefante na história?

A professora de Português retirou um livro da bolsa:

– *A viagem do elefante*, de Saramago, claro! Tava na minha estante, mas ainda não tinha lido. Comecei e já estou amando! Conta a história de Salomão, um elefante que vai de Portugal para a Áustria como presente de casamento! E baseado em fatos reais!

– Nossa! – exclamou Gabriela em voz alta.

– Como vocês podem ver, os elefantes tomaram a literatura e agora vão tomar o nosso colégio!

Gustavo trocou um olhar com Júlia. Chegara a hora das invenções da Lila. E, da caixa, a professora retirou um elefante!

O MUNDO DE CADA UM

– Vamos pintar? – perguntou Júlia assim que Lila lhe entregou um elefante de barro, na realidade, um cofre em formato de elefante. A garota já tinha visto porquinhos, tivera até um quando pequena, mas elefantes, era a primeira vez.

– Sim, sim – respondeu a professora. – Pegue um pincel que em um segundo eu explico.

Júlia olhou para Gustavo, que encarava seu elefante. A garota riu ao imaginar que o colega de sala se sentia tão perdido como se estivesse na Índia.

– Esses são os nossos Kiuni – explicou Lila. – Acredito que vocês já viram algumas esculturas de vacas espalhadas pela nossa cidade na frente de restaurantes, farmácias… – Todos os alunos balançaram a cabeça. – Elas fizeram parte de um evento chamado *Cow Parade*. Diversos artistas plásticos pintaram essas vaquinhas, que, depois de alguns dias expostas pela cidade, foram leiloadas, e a renda foi revertida para instituições de caridade.

– Meu pai inclusive comprou uma – disse Serginho. – Ele deu de presente para o meu avô. Está na entrada da chácara.

– São lindas! – respondeu Lila. – E, há um tempo, aconteceu em São Paulo um evento parecido, a *Elephant Parade*, que contou com 85 artistas pintando elefantes. A ideia do projeto surgiu como forma de conscientização e arrecadação de fundos para salvar o elefante asiático da extinção. Aí, relendo *A volta ao mundo em 80 dias*, não pude deixar de me lembrar disso. Usando, então, dos meus contatos, consegui esses 10 elefantinhos de barro, que vamos pintar e expor pelo colégio.

– Nem porquinhos nem vaquinhas. Vamos de elefantinhos! – comentou Gabriela.

– É isso aí! – concordou Lila. – Então, vamos ao trabalho?

Os dez alunos se espalharam pela sala, desdobrando folhas de jornal no chão para não o sujarem, e iniciaram suas obras de arte. Pouco depois, enquanto Júlia esperava que Lila secasse a tinta azul com um secador de cabelos, a garota olhou ao redor da sala.

Alan desenhava caveiras no seu elefante, Letícia havia pintado o elefante todo de branco e escrevia algo nele no formato de uma espiral, Serginho fazia personagens engraçados, Bia coloria diversas flores, Gabriela desenhava uma estante de livros no seu e Gustavo terminava de pintar o seu elefante de laranja. Júlia se deteve, encarando o trabalho do atleta. Quer dizer, parecia que o elefante já estava todo pintado, mas o garoto ainda dava algumas pinceladas rápidas.

"Perfeccionista", ela pensou. "Essas pinceladas não vão fazer nenhuma diferença. Agora, pra que todo esse laranja?"

O garoto trocou o pincel por um mais fino, inseriu no pote de tinta preta e traçou uma linha no mamífero de barro. E depois outra e mais outra. Foi só então que Júlia entendeu. Gustavo estava transformando o elefantinho numa bola de basquete.

– Pronto, Ju. Pode continuar – Lila devolveu o elefante azul para a garota.

Júlia tinha feito o fundo do mar. A partir de agora, desenharia uns peixes, uns corais e uma estrela na pata dianteira esquerda.

Ao terminar e observar o trabalho dos colegas, a nadadora da turma entendeu que, na Arte, cada um desenha, a seu modo, seu mundo.

QUANDO AS COISAS TENDEM A PIORAR

Na sexta-feira, Gustavo foi o primeiro a chegar ao último treino para o interestadual, mas entrou por último em quadra. Na realidade, entrou e saiu cinco vezes como se estivesse se aquecendo.

– Bora, Caçula! – reclamou Miguel. – Tá fazendo o que aí?

Como se tivesse vontade própria, a mente do mais novo do Quinteto repetia que para se iniciar bem qualquer coisa, ela deveria ser perfeita. Sem erros, sem pensamentos negativos. Caso contrário, ele deveria repetir essa ação. Mas não uma, nem duas, nem quatro vezes. Muito menos um número múltiplo ou divisível por quatro. Nunca o número quatro. Jamais.

– Jamais! – sussurrou Gustavo para si antes de entrar em quadra. O garoto tentava anular os pensamentos, mas eles incomodavam cada vez mais.

O treino foi puxado, e o garoto errou algumas cestas de três pontos.

– O que é que há contigo hoje, hein, Caçula? – perguntou o técnico. – Concentração! Concentração! Vacilando nas vésperas do interestadual!

Gustavo pediu uma pausa para tomar água. O corpo do jovem atleta estava cansado, mas sua cabeça muito mais. Parecia pesada como se tivesse um elefante dentro. Olhou para o relógio esportivo no pulso. Àquela hora, Júlia deveria entrar na piscina. Mentalmente, desejou boa sorte pra ela.

– Todo mundo vem aqui! – chamou Miguel.

Os dez jogadores se reuniram em torno do Surfista Prateado.

– Estejam preparados para as críticas e até para os xingamentos – continuou o técnico. – Os adversários, em quadra ou na torcida, querem desestabilizar o inimigo e irão jogar pesado e baixo muitas vezes. Portanto, nada de se preocupar com isso, hein? Vocês são fortes! Acima da média! Verdadeiros mutantes!

O time deu urros de garra. Até mesmo Gustavo, que, apesar dos elogios e da motivação, se sentia o contrário de tudo que Miguel dissera.

COMO PEIXE FORA D'ÁGUA

Júlia mal conseguiu comer no dia da competição. Estava muito tensa. Relaxar era uma verdadeira missão impossível. Pela manhã, a garota perdeu as contas de quantas vezes tinha ido ao banheiro. Inutilmente, tentou se distrair, mas nem prestava muita atenção nos vídeos dos canais que acompanhava pelo YouTube, nem na leitura das aventuras de Phileas Fogg e Passepartout. A nadadora andava devagar pela casa, sentindo o corpo pesado como o próprio Kiuni da história.

– Pronta? A gente não pode se atrasar!

Ao sair do banheiro pela enésima vez, o pai da jovem nadadora esperava na sala.

– Pronta – a garota mentiu.

Agora, no clube, Júlia relembrava tudo isso, como se fosse um filme em câmera lenta: poucas coisas aconteceram, mas levaram a eternidade de uma manhã inteira. E como queria ter tido coragem para confessar aos pais o medo que tomava conta dela.

A garota teve dificuldade para prender o cabelo sob a touca. As mãos tremiam. A coceira no couro cabeludo, por trás das orelhas, voltou com força. Ela se segurou para não coçar. Poderia ferir a pele de novo, como já fizera na véspera. Júlia, se pudesse, iria ao reservado mais uma vez, estava enjoada e sentia a barriga inchada, mesmo tendo comido pouco no almoço. Mas não havia tempo. A hora da competição chegara.

Dirigiu-se à piscina. Evitou olhar para a arquibancada. O sinal disparou. E Júlia saltou.

Nadou, nadou, nadou com toda a força e vontade. A água clorada entrou nos óculos, invadiu as narinas e inundou-lhe a boca, entre uma braçada e outra. Sentiu-se naufragando em alto-mar, prestes a se afogar se a competição durasse um pouco mais.

Júlia chegou em sexto lugar. Ainda mais nauseada, sentindo vontade de vomitar. Era como se um peixe quisesse sair de dentro dela. Ela engoliu saliva para contê-lo. Mas não adiantou nada. O vômito jorrou ali, na água da piscina mesmo. E a garota se deixou ser puxada pelas mãos de alguém.

A nadadora começou a chorar. Não dava mais. A vontade de vomitar veio novamente, e ela se contorceu na beira da piscina, se sentindo como um peixe fora d'água.

ESMAGADO E PISOTEADO

Vinte vezes. Gustavo não aguentava mais. Queria chorar, mas também não queria. O que era para ser uma atividade prazerosa se tornava um verdadeiro tormento. Era fato que ele perderia a aposta. Mas, pior que isso, era se perder de si mesmo. Era impossível controlar. Seus pensamentos o obrigavam a evitar o número, a repetir as ações incontáveis vezes...

Na verdade, sua cabeça não pesava como se tivesse um elefante dentro, mas vários elefantes. Uma manada. Por ironia, se lembrou de uma canção infantil e cantarolou:

– *Um elefante incomoda muita gente, dois elefantes incomodam muito mais...*

Gustavo encerrou a música aí. Se chegasse ao quarto elefantinho, não pararia de cantar até o décimo. Era melhor pensar que só havia um elefante mesmo dentro da cabeça que, com a tromba, controlava seu corpo feito uma marionete.

O jogador respirou fundo e disse para si mesmo:

– Vou reler o capítulo pela última vez e chega!

O garoto pegou o livro e olhou para o relógio. Faltavam dois minutos para as 19h. Preferiu esperar o horário arredondar. Enquanto isso, tentava organizar as ideias:

– Dizer a palavra não, abrir o livro e começar a leitura em voz alta. Após terminar a primeira página, colocar o celular com a tela pra baixo. Celular numa posição diferente significa que não vou repetir mais a mesma coisa.

O relógio do celular indicou as dezenove horas.

– Não! – ele disse e, em seguida, abriu o livro. Retomou a leitura e, ao concluir a primeira página, virou o celular. Prosseguiu.

– Gustavo, a mãe tá perguntando se você vai jantar.

Gabriela, entrando no quarto, atrapalhou tudo.

– Droga! – ele reclamou. – Já vou, já vou. Só vou terminar este capítulo.

A irmã do garoto saiu sem dizer mais nada.

Com a entrada de Gabriela, Gustavo teria que repetir tudo de novo.

– Droga! – resmungou mais uma vez, colocando o celular na posição inicial.

Ao olhar para o relógio, viu que eram 19h06. Faltavam quatro minutos para as 19h10. Decidiu esperar. Era melhor. Após os quatro minutos, repetiu o advérbio de negação e abriu o livro novamente. Depois de concluída a primeira página do capítulo pela vigésima vez, virou o celular sobre a cama e continuou. Mas, no meio da segunda página, algo lhe dizia que tinha feito alguma coisa errada durante aquela leitura, precisava retomar, reler tudo de novo.

Que memória de elefante ele tinha para o sofrimento! O enorme paquiderme pisoteava a razão do seu cérebro.

Angustiado, o garoto jogou o livro nos pés da cama. Estava com sede, com fome, com vontade de fazer xixi e cansado. Não aguentava mais carregar aquele peso todo sozinho.

PRÊMIO DE CONSOLAÇÃO

Júlia observava o pai buscando algum filme na tevê. Ele deveria estar procurando algo para se distrair.

A garota estava triste. Era o sonho dele, do pai. E também era o sonho dela. Era um sonho compartilhado pelos dois há bastante tempo. Ou melhor, foi. Mas a realidade daquela tarde de sexta-feira foi completamente diferente de qualquer sonho. O pai, frustrado, e ela, sentindo-se culpada. Esse resultado nunca foi o esperado por nenhum dos dois.

– Pai...

– Oi, filha – ele disse sem fitar os olhos dela. Ela percebeu. – Tá melhor?

– Hã-hã... – confirmou a garota, tentando não se lembrar do episódio na piscina.

Júlia se sentou ao lado do pai. Ele continuou passando aleatoriamente os canais da tevê a cabo. Parecia que nada o agradava. Júlia falou:

– Me desculpa.

– Não vamos pensar em desculpas ou derrotas. O importante é focar na próxima competição – e ele deu duas batidinhas no joelho dela. – Também tenho culpa. Vou rever os horários de treino e a alimentação. Já marquei uma nutricionista esportiva também. Na próxima, você estará 100% e vamos ser classificados.

"Vamos, vamos...", Júlia repetiu mentalmente, mas sem se sentir integrante dessa flexão do verbo "ir" no plural. Nas últimas semanas, a garota acreditava que o correto seria o pai usar "vou". Não era mais um sonho dos dois. Era cada vez mais um sonho dele. Só dele.

– Eu não quero uma próxima – disse Júlia bruscamente para não perder a coragem.

– Hã? O que você disse?

Júlia sabia que o pai tinha compreendido.

– Não sei mais se quero ser atleta, pai... – explicou. – Nadar, competir...

– O que aconteceu, Ju? Você não falava de outra coisa quando era criança. E era seu maior sonho!

A garota quis responder "É o seu maior sonho, não o meu", mas não teve coragem. Limitou-se a dizer:

– Não sei se quero mais...

– Olha, não precisa desistir de tudo por causa de uma derrota. Ou com vergonha por causa de um episódio de vômito. Isso é infantil! Sem falar que a história dos grandes campeões está cheia de fracassos.

– A história dos grandes perdedores também tá cheia de fracassos – ela ironizou com meio sorriso.

– Filha, você está triste, frustrada. Eu entendo. Não vamos falar nisso agora, tudo bem? – e colocou os cabelos da filha para trás como se ela ainda fosse uma criança. – Que tal pegarmos uma praia para espairecer essas ideias, hein?

– Pode ser... – Júlia respondeu resignada.

Era impossível dialogar com o pai. Só os argumentos dele eram válidos.

– Então está decidido! Vamos curtir um fim de semana especial. Pra onde você quer ir?

A garota ergueu o olhar para o pai sem saber o que responder. Era raro ele perguntar a opinião dela. Ele sempre sabia o que era o melhor para a filha.

– Não vamos ficar aqui em Boa Viagem, que não dá nem pra entrar na água – reforçou o pai.

Júlia se lembrou de algo. E sugeriu:

– Maceió.

– Maceió? – O pai estranhou.

– Hã-hã... – ela se limitou a confirmar.

Júlia torcia para que o pai não fizesse nenhuma pergunta, pois ela nem saberia explicar bem porque tinha dado essa sugestão.

– Taí... Boa ideia! Faz tempo que eu e sua mãe não viajamos pra lá. E quando você era muito pequena... Nem deve se lembrar de nada. São mais de três horas de viagem, mas podemos ir pelo litoral, parando... E não vejo por que não irmos... Você já está melhor. Pronta até para voltar aos treinos – e piscou para a filha, que não piscou de volta. – Pega meu celular. Vou dar uma olhada nos preços dos hotéis.

ON THE ROAD

Gustavo chegou bem em cima da hora. Os parceiros do time já entravam no ônibus do colégio. O garoto reparou nos dedos e na palma das mãos. Meio secos. Lavar várias vezes seguidas a mão com detergente, como vinha fazendo, estava irritando a pele.

– Bora, Gustavo! – Míope gritou. – Simbora fazer cesta com cabeça de zumbi!

O caçula do time escondeu as mãos no bolso do casaco e subiu no ônibus.

NÃO FOI UMA BOA IDEIA

Júlia não dormiu nada bem. Não se recordava direito, mas sabia que tinha sonhado com um monte de coisas estranhas e confusas. Comeu pouco, embora a vontade fosse de não ingerir absolutamente nada.

– Tá tudo bem, filha? – a mãe perguntou, colocando a mala perto da porta.

– Vou pegar a mochila no quarto – respondeu.

E, quando entrou no quarto, agitou as mãos para espantar o nervosismo, estava com medo de que algo ruim acontecesse durante a viagem. Eram diversas as preocupações que a afligiam naquele momento: medo de passar mal, de vomitar dentro do carro e até mesmo de um acidente.

A garota escondeu o rosto com as mãos. Notou a respiração alterada.

– Júlia! Você tá pronta? – perguntou o pai.

– Tô – respondeu a garota. E depois, cobrindo apenas a boca com as mãos, repetiu com os olhos apertados – Não vai acontecer nada. Não vai acontecer nada. Pensamento positivo, Júlia!

MÍOPE

O ônibus deslizava pela estrada duplicada.

– Passando por Escada – disse Míope, sentado ao lado de Gustavo e mostrando o celular ao amigo. – Gosto de conectar o GPS pra acompanhar a viagem e, é claro, saber onde a gente tá.

Gustavo riu.

– É uma boa.

– Ajuda a controlar a ansiedade. E, pelo tempo, dá pra calcular quantos episódios de seriados dá pra assistir.

– Tá assistindo o quê?

– *The Walking Dead*. Tô aprendendo a matar zumbis pra amanhã.

Os dois riram.

– Mas o que você tá lendo? – quis saber Míope.

O caçula do time pausou a leitura e mostrou a capa de *A volta ao mundo em 80 dias*.

– Você tá no Clube do Livro, né?

– Hã-hã...

– Não sabia que você gostava de ler tanto assim – disse Míope.

– Nem eu – Gustavo teve de concordar.

– Gostei do seu elefantinho-bola-de-basquete. Faria o mesmo.

– Valeu!

– Alguém aí baixa o ar-condicionado deste ônibus – reclamou Baixinho, se levantando da poltrona do outro lado do corredor. – Já tô com vontade de ir ao banheiro de novo. Parece que tomei um garrafão de água.

No banco da frente, sozinho, Gênio, com fones de ouvido gigantes, balançava a cabeça enquanto escutava um *rock*. Não era preciso perguntar o que o colega de equipe ouvia. O som estava tão alto que ultrapassava a barreira dos fones.

– Vai ficar surdo – disse Shrek, apontando para o capitão do time. – Falta muito tempo ainda?

– Nem chegamos na metade do caminho – respondeu Míope.

Pelo jeito, os colegas estavam com vontade de conversar. Gustavo marcou a página do livro com um marcador. Torceu para que sua cabeça não o fizesse voltar ao início do capítulo. Em seguida, tirou o celular do bolso. O sinal estava ruim, mas ainda assim se conectou à internet. As mensagens atualizaram. Tinha uma notificação de Júlia.

> **Tô indo pra Maceió tb.**
> **Será que a gente consegue se ver?**

Gustavo bloqueou o celular com medo de que Baixinho visse a mensagem. Ele acabava de voltar do banheiro. O caçula do time olhou ao redor. Gênio seguia escutando seu *rock*. Shrek olhava a paisagem pela janela. Baixinho cruzou os braços e fechou os olhos para tirar um cochilo. Míope, que havia tirado os óculos, começava mais um episódio do seriado *The Walking Dead* no celular. Míope só assistia e lia sem os óculos.

Gustavo digitou rapidamente:

> **Seria legal**

Mas o sinal da internet caiu e Gustavo não conseguiu enviar a mensagem.

COMO UM PEIXE FORA D'ÁGUA DE NOVO

Júlia aproveitou a parada que a mãe pediu para ir ao banheiro e deu uma olhada nas redes sociais. Foi quando viu no Instagram uma foto de Kátia e Tathiana juntas e fazendo biquinho na fila da cantina do colégio. Foi postada na véspera. Ela não tinha visto.

Pela segunda vez, a garota se sentiu como um peixe fora d'água. E pela primeira vez não curtiu uma foto das duas amigas.

Já ia guardar o celular quando recebeu mais uma notificação. Olhou. Era de Gustavo.

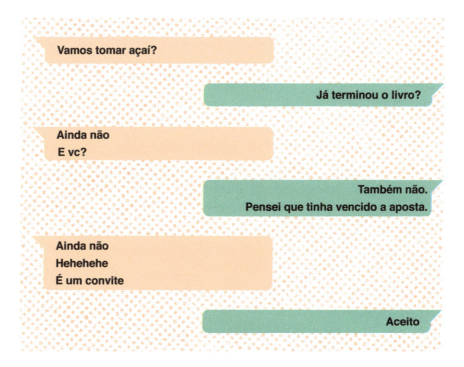

Júlia só não sabia como faria para se encontrar com Gustavo.

BAIXINHO

Gustavo viu quando Baixinho cruzou novamente os braços por conta do frio e fechou os olhos para dormir. O caçula do Quinteto Fantástico se lembrou da gafe que Gênio cometeu quando viu a namorada do outro pela primeira vez.

O treino acabou mais cedo, os garotos tomaram banho no vestiário do colégio e o time saiu na maior algazarra pela recepção da escola.

Foi quando viram uma garota alta no estacionamento do colégio. Ela estava sentada num dos bancos de cimento embaixo de uma árvore qualquer e digitava no celular. Ao ver o grupo, ela se levantou.

– Que gata! – disse Gênio, dando uma leve cotovelada nas costelas de Gustavo.

Baixinho olhou para Gênio com um ar zombeteiro. Gustavo teve a impressão de que o colega de equipe ia dizer algo, mas não falou. Gênio, que também tinha percebido o semblante do outro, continuou sua típica gaiatice:

– Olhaí uma garota que não é pro seu tamanho, nanico!

Baixinho estancou. Todos pararam também. Ele disse:

– Tem certeza?

Gênio e um ou outro parceiro de time riram do tom de desafio do menor jogador do Quinteto Fantástico. Gustavo ficou só observando. Percebeu que havia algo estranho no ar.

– Absoluta – disse Gênio.

Baixinho se distanciou do grupo. Ao se aproximar da garota, ela envolveu o rosto do namorado com as duas mãos e, abaixando a cabeça, deu um beijo nele. Em seguida, tomou-o pela mão.

O garoto disse algo para ela. E seguiram juntos até o grupo.

– Pessoal, quero apresentar Aline, minha namorada. Ela estuda no Colégio Gilberto Freyre.

– Prazer – disse a garota com um sorriso, que foi respondido com um sorriso sem graça pela maioria do grupo.

– Ela é sua namorada mesmo? – perguntou Gênio totalmente sem graça.

– Por quê? – perguntou Aline, provavelmente já acostumada com as brincadeiras pelo fato de o namorado jogador de basquete ser menor que ela.

– Você poderia jogar basquete – Gênio tentou dizer algo inteligente.

Gustavo deu uma leve cotovelada no amigo para que ele se tocasse e, quem sabe, ficasse calado.

– Tamanho e talento são coisas diferentes – disse a garota. – E inteligência nem sempre vem junto.

Aline piscou para Baixinho, que acenou para os colegas, e os dois se afastaram de mãos dadas. Assim que ficaram a uma boa distância, o grupo em peso zoou a língua grande do "gênio" do time.

SEM SINAL

Sem sinal e o enjoo voltava. Talvez a mãe da garota estivesse certa e a viagem tinha sido precipitada demais. Mas Gustavo só estaria em Maceió neste fim de semana. E a dúvida de como faria para se encontrar com ele permanecia...

Júlia lançou o olhar pela janela. Atravessavam um trecho meio ermo e cheio de curvas. Olhou de novo para o celular. Continuava sem sinal.

Então, a mente da garota divagou, imaginando que, se acontecesse algum acidente, como eles conseguiriam chamar a ambulância para os primeiros socorros? E se fosse à noite e o carro quebrasse, deixando todos na margem daquele breu, como seria?

Sem sinal de melhora, pelo contrário, a náusea aumentou:

– Pai, para o carro que vou vomitar!

O GÊNIO DA LÂMPADA

E o Quinteto Fantástico desembarcou na orla de Ponta Verde, em Maceió. Os garotos estavam deslumbrados com a cor do mar: um verde-claro convidativo para um mergulho.

Gustavo tinha visto uma açaiteria próxima ao hotel. Só teria de descobrir onde Júlia iria se hospedar. Torcia para que estivessem perto um do outro, caso contrário os planos dos dois iriam por água abaixo.

O professor Miguel separou a turma em quartos triplos. Como eram ao todo onze, contando com ele, num quarto ficaria somente uma dupla: Gênio e Caçula. Mas todos no mesmo corredor, onde o Surfista Prateado poderia monitorar os alunos.

Ainda na recepção, o professor avisou:

– Vamos descer logo para almoçar. Na volta, quero todo mundo tirando um cochilo. Descansar é fundamental. E, após a janta, vamos repassar algumas táticas para amanhã. Quero todo mundo 100% para vencer os Zumbis. Ah, e nada de inventar qualquer saída do hotel. Quero todo mundo sob meus olhos.

Gustavo engoliu em seco. Como faria para se encontrar com Júlia? Precisaria de ajuda. Gênio abriu o quarto com o cartão magnético que receberam e, em seguida, acendeu a luz.

O caçula do time teve uma ideia. Só precisaria de uma forcinha do Gênio da Lâmpada.

UMA JANELA DE FRENTE AO MAR

Júlia entrou na frente dos pais. Uma cama de casal e outra de solteiro. A mãe se apressou em abrir a cortina. E o mar de Ponta Verde apareceu

diante dos olhos de Júlia. A vista era linda. Deslumbrante. Transmitia uma sensação de paz que há muito a menina não sentia. O enjoo desapareceu por completo.

Lá embaixo, na praia, pessoas se espalhavam por baixo dos guarda-sóis; outras, no calçadão, andavam de bicicleta ou corriam, apesar de já passar do meio-dia.

– *Macei-ó, minha sereia-ia-ia...*

Júlia e a mãe se voltaram para o pai da garota, que cantara.

– Amor, não – pediu a mãe da garota. – Você, como cantor, é um excelente nadador. Aceita que peixes não cantam, só os pássaros – e deu um beijo no marido. – Seu dom é outro, tá?

– Que música é essa? – quis saber Júlia.

– É bem antiga – respondeu o pai da garota. – Lembro que seu avô colocava no som do carro quando a gente viajava... E sei também que tem até uma Praia da Sereia no litoral norte daqui.

– Se Júlia estiver melhor amanhã, a gente vai ao mirante da Praia do Gunga – disse a mãe da garota. – A vista lá é linda! Um verdadeiro mar de coqueiros.

Júlia deixou os pais decidirem o roteiro e digitou a senha do *wi-fi*. Assim que conectou, viu que chegaram mensagens de Kátia, Tathiana e Gustavo. Abriu a dele primeiro.

Tô em Ponta Verde
E vc?

Também
Qual hotel?

Gustavo respondeu, mas não era o mesmo.

Pera que vou mandar a localização

Júlia abriu o GPS e, para alívio da nadadora e do atleta, descobriu que estavam praticamente um ao lado do outro.

A garota só não sabia que desculpa daria ao pai para se encontrar com o colega de sala.

O *EXPERT*

– Velho, tu tá a fim da nadadora? – perguntou Gênio com um olhar malicioso.

– Não, não... – disse Gustavo sem graça. – Só vou tomar um açaí com ela. Nada demais.

– Ha, ha – riu Gênio. – Sei... Açaí... Nada demais. Tá. – e após uma pausa – Você já beijou?

Gustavo desconversou:

– Que pergunta! Oxe!

– Ih, não beijou ainda. Então, me deixa dar uns conselhos. Sou *expert* no assunto. Escove bem os dentes, use enxaguante bucal, compre uma pastilha... Se bem que vocês vão comer açaí... Eita! Que romântico! Todo mundo com a boca roxa. Que lindo! – e Gênio aplaudiu a própria gaiatice.

Gustavo já tinha se arrependido de pedir ajuda ao gênio *expert*.

– Não precisa fazer essa cara – disse Gênio, notando o descontentamento de Gustavo. – Só tô tirando onda. Vou te ajudar. Deixa que cuido do professor.

E deu uma piscada marota para o colega de quarto.

O PRIMEIRO ENCONTRO

– Oi!

– Oi! – respondeu Júlia, se sentando diante de Gustavo.

A garota nem acreditou quando seus pais a deixaram ir à açaiteria localizada ao lado do hotel. Os dois tinham ficado na piscina.

– Açaí é tudo de bom, né? – falou Júlia, tentando quebrar o silêncio que se instalara.

– Hã-hã – fez Gustavo, concordando. – Tem gente que diz que tem gosto de areia. Mas eu curto. E para quem pratica esportes como a gente é muito bom.

– Eu adoro com leite condensado – confessou Júlia. – Mas sei que adoçar demais faz mal. E eu também não posso ficar fora do peso.

Mas agora que Júlia não sabia se queria mais voltar a nadar, talvez ela não precisasse se preocupar tanto assim com a dieta. Lembrou-se da competição frustrada, do episódio do vômito e se sentiu aliviada quando o atendente trouxe o cardápio e perguntou o que queriam.

– Você tá melhor? – quis saber Gustavo.

– Sim, sim – Júlia não queria falar sobre isso e mudou o assunto da conversa. – E aí? Preparado pra amanhã?

– Espero que sim. A gente treinou pesado esta semana. E, como diz Míope, temos que esmagar umas cabeças de zumbis amanhã.

– Zumbis?

– É o nome do time adversário.

– Eu, hein? É cada nome estranho... Até os apelidos de vocês.

– Cada um de nós tem um apelido – explicou Gustavo. – Alexandre é Gênio, o armador, o capitão e o cérebro da equipe. Antônio, o mais alto, é o pivô, conhecido como Míope. Jefferson, o menor, é o Baixinho e mais rápido, fera no contra-ataque. Carlos é Shrek e o que tem mais força física.

– E você é o Caçula – completou Júlia.

– Isso! Como sou o mais novo da equipe, ganhei esse título. Jogo na lateral, e arremesso de longa distância é comigo mesmo. Sempre faço mais cestas de três pontos que todo mundo.

– Modesto você...

– Não! Não tava me gabando!

Os pedidos chegaram.

– Tô brincando – disse Júlia, sorrindo. – Mas, para ser titular do Quinteto, você só pode ser bom, né?

Gustavo ficou encabulado.

– Mas por que os apelidos? – quis saber a garota.

– É uma estratégia.

– Estratégia? – ela repetiu.

– Sim, de Miguel, o Surfista Prateado – ele explicou. – Em quadra, enquanto a gente joga, muitas vezes somos criticados, xingados, a torcida adversária fala coisas pra abalar nosso emocional mesmo. Aí, em quadra, o apelido funciona como se fosse um escudo de proteção, uma metáfora, como diz Miguel. Ali, no jogo, é a nossa parte jogador que tá exposta. A gente é muito mais que isso.

– Você é forte – sentenciou Júlia, querendo a garra daquele garoto para si. Mas se surpreendeu com a resposta de Gustavo.

– Quem dera...

A DONA ARANHA SUBIU PELA PAREDE...

Gustavo respondia às perguntas de Júlia enquanto procurava fazer uma cara de inteligente. Ele sabia que era melhor não tocar de novo no assunto natação, pois a garota já tinha cortado. Tentou, então, se lembrar das dicas que Gênio dera antes de sair do hotel.

Segundo as dicas dadas pelo amigo, Gustavo tinha que olhar nos olhos de Júlia e alternar esse olhar para a boca da garota também. E precisava fazer isso com uma cara de interesse desinteressado. O atleta só não entendeu muito bem essa parte de demonstrar interesse fingindo o contrário. Não sabia se estava conseguindo, mas era quase certo que não, pois quando olhou para a boca de Júlia, a garota limpou os lábios com um guardanapo, provavelmente achando que estava com a boca suja de açaí.

Ao mesmo tempo, a concentração do garoto se dividia com a contagem das colheradas. Ele não podia se esquecer de evitar o número quatro, os múltiplos e os divisíveis por quatro também. E cada vez com mais frequência. O açaí acabou e ele continuou raspando o fundo da tigela enquanto contava um, dois, três, quatro.

– Posso recolher? – perguntou o atendente.

– Pode – disse Júlia.

Gustavo raspou mais uma vez a tigela antes de entregar. Cinco.

– Pode – respondeu em seguida.

Depois, olhou para Júlia, torcendo para que ela não desconfiasse de suas loucuras.

– Você tá em qual capítulo do livro?

– Tô empacado na leitura... Mas parei na parte em que a Mrs. Alda, a viúva que "Passaporte", como você diz, salvou, está se apaixonando por Mister Fogg.

Gustavo percebeu quando Júlia se remexeu na cadeira.

– Eu acho o "Passaporte" Jean muito mais divertido.

Gustavo se lembrou de outra dica do Gênio *expert*. Concordar com a menina para demonstrar afinidade.

– Também venho gostando mais dele – disse o garoto.

E Júlia seguiu falando da história. Foi então que Gustavo notou uma aranha subindo pela parede. Pequena, daquelas inofensivas, do tamanho de uma mosca. A garota, parecendo notar o olhar do garoto, deu um peteleco no aracnídeo, fazendo-o voar longe.

Gustavo ficou olhando para o indicador de Júlia, que seguiu comentando a trapaça do detetive Fix ao dopar Jean para que ele não pudesse embarcar com o patrão no navio para o Japão.

Aí, tentando se lembrar de mais algum detalhe da história, Júlia pôs o dedo indicador no lábio.

Gustavo ficou aflito. Uma onda de pensamentos negativos, exagerados e catastróficos invadiu a cabeça do garoto. Por que Júlia tinha feito aquilo? Se ele a beijasse, poderiam passar mal, aranhas tinham veneno, nem todas, mas algumas tinham, e ele poderia morrer.

O telefone de Júlia chamou.

– Tenho que ir. É minha mãe – ela avisou. – Falei que voltava logo.

Pagaram.

Ainda conversaram um pouco em frente à açaiteria. E o momento tão esperado por Gustavo se aproximou.

Era a hora do primeiro beijo.

Mas seria cedo demais? Será que Júlia se desviaria? E o sangue envenenado da aranha morta que agora contaminava os lábios de Júlia?

Talvez fosse a oportunidade de Gustavo acabar com tudo isso. Livrar-se de todos os pensamentos negativos. Mas, e o medo de passar mal depois? Tinha de acabar com tudo aquilo.

E ele contou até três. Cinco. Sete. Dez.

– Tenho que ir – repetiu Júlia.

Não dava mais tempo de contar até dez de novo. Era hora de beijar. Beijar.

E Gustavo beijou a bochecha de Júlia. Aliás, foi mais um esbarrão de bochechas do que um beijo propriamente dito.

Júlia ainda deu um tchauzinho antes de ir embora. Gustavo mordeu os dentes de raiva. Havia deixado a oportunidade passar.

MEDO DE ELEVADOR

"Tímido? Vai ver ele é tímido. Não, não. Ele é tímido. Isso. Gustavo não quis me beijar porque é tímido."

Júlia havia dito aos pais que Tathiana estava em Maceió, num hotel ali do lado, e queria conversar com a amiga no açaí próximo. Como a mãe já tinha reparado que ficava perto, concordou, contanto que a filha não demorasse muito.

Uma placa indica que um dos elevadores do hotel estava quebrado. Júlia estremeceu. Lembrou-se do áudio de Kátia. Viu a porta que estava com a plaquinha ESCADA. A garota não pensou duas vezes, subiu por ali.

Enquanto subiu pulando de dois em dois degraus, Júlia pensou por um momento que ela deveria ter tomado a iniciativa. Esse negócio de esperar pelo menino não estava mais com nada.

Gustavo sempre fora tímido e caladão na aula. E antes levar um fora na hora do que voltar para casa, ou melhor, para o hotel, com dúvidas sobre as reais intenções do garoto.

Pegou o celular para olhar a boca na câmera frontal como se fosse um espelho. Nada, nem uma sujeirinha. Nem parecia que tinha comido açaí. O celular começou a pipocar notificações. Era o *wi-fi* do hotel que já conectava.

Júlia abriu a porta do quarto, deu boa-noite aos pais, que estavam concentrados nos seus celulares, e se jogou na cama para conferir se Kátia e Tathiana mandaram alguma mensagem:

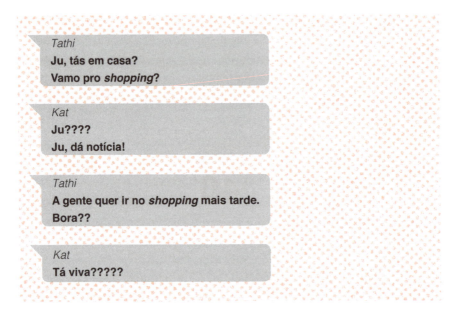

E havia também duas notificações de chamada enquanto ela estivera desconectada. Ninguém mais ligara. Ninguém queria gastar mais crédito com telefones. Apenas mensagens e ligações por aplicativos no celular. Ai de quem ficasse sem internet.

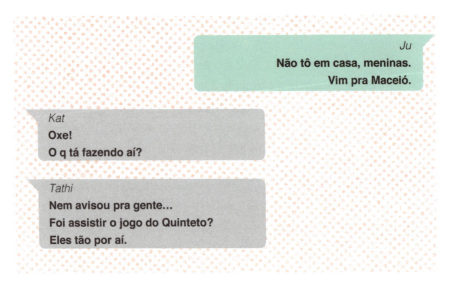

> Ju
> Nada.
> Ideia do meu pai.
> Pra me distrair um pouco.
> Coincidência pura.

Não. Não era. Júlia não era boa em mentiras. O lado bom dessas horas era que dava para disfarçar melhor através de uma mensagem do que cara a cara.

> Tathi
> Mas vc vai ver o jogo dos meninos?
> Acho que é aberto.

> Ju
> Acho que não.
> Meu pai já tá com um roteirinho
> todo programado aqui.

> Kat
> Aaahh
> Se eu estivesse aí
> Com certeza daria um pulo no jogo.
> Ver o meu *crush* comemorando a vitória

> Ju
> *Crush*?
> Quem?

> Kat
> Gênio
> Quem mais seria?

> Tathi
> Vc tá muito assanhada, Kátia.

> **Kat**
> Vcs são bobas!
> Vão dizer que não acham o Gênio um gato?

Júlia teve de concordar. Ele era. Mas Gustavo chamava a atenção de um jeito diferente que a nadadora não conseguia entender bem qual.

> **Tathi**
> Eles devem estar na maior tensão para o jogo de amanhã.

> **Kat**
> Vc sabe bem o que é isso, né, Ju? Ops! Foi mal.

> **Tathi**
> É melhor deixar esse lance de competições pra lá.

> **Ju**
> Tem problema não...
> É melhor mesmo deixar pra lá

Porém, a última mensagem que Júlia digitou foi mais sobre o episódio do não beijo, que ela preferiu não contar às amigas.

TIPOS DE ZUMBI

– Velho, beijinho na bochecha? Não! Não! Não!

Gênio, que ficara observando tudo da orla e, agora, reencontrava Gustavo na açaiteria, esfregava as mãos nos olhos como se para afastar uma imagem desagradável que tivesse visto.

Gustavo não sabia o que dizer. Só não queria que o amigo falasse algo ou, pior, contasse aos colegas de time.

– Eu não sabia se ela tava a fim...

– Descobrisse tentando dar pelo menos um selinho... Um selinho! Nem um selinho...

Gustavo estava tão envergonhado que não conseguia rir do exagero do outro. Coragem para beijar, Gustavo tinha, mas o problema foi a aranha. O peteleco na aranha. Se não fosse aquele toque, tinha dado tudo certo. Tudo.

– Esquece essa garota agora – sentenciou Gênio.

– Hã?

– Ela já sacou que você nunca beijou nem sabe chegar numa garota. Parte pra outra que essa já era.

– Como assim?

– Cara, na vida, nada se repete. É uma vez só e acabou. Esse negócio de vale a pena ver de novo é coisa só de televisão.

Gustavo nem tinha processado direito a informação quando um grupo de estudantes apareceu. Todos eram altos e usavam uma camiseta estampada com a ilustração de um homem negro, cujas mãos estavam erguidas.

– Acho que te conheço – disse o que vinha na dianteira. – Você não é o Gênio? Capitão do Quinteto Fantástico?

Só então Gustavo viu na camisa do pessoal que chegava o logo do Colégio Jorge de Lima.

– Sou eu mesmo – respondeu Gênio.

– Sou Patrick, capitão dos Zumbis. Vi as fotos e os vídeos no seu perfil. Você é bom. Boa sorte amanhã!

– Obrigado – disse Gênio. – Mas quem vem vai precisar de boa sorte são vocês. Amanhã vamos esmagar a cabeça de todos!

A equipe adversária riu. Um garoto de óculos que estava ao lado de Patrick sorriu, levantou os óculos com o indicador e disse em meio a um sorriso:

– Acho que você tá assistindo muito filme de terror.

– Tá dizendo que eu não sei matar um zumbi?

– Tô dizendo que você não sabe que tipo de zumbi a gente é.

Gênio olhou para Gustavo sem entender nada. Mas o Caçula já tinha compreendido o erro que cometeram.

O capitão do time adversário explicou:

– Nosso zumbi não é um morto-vivo. Nosso zumbi é o líder do Quilombo dos Palmares.

– Somos guerreiros como o grande Zumbi, não temos medo do perigo e lutamos juntos pela nossa vitória – completou o de óculos. – E eis o nosso lema: união e vitória!

– E qual o nosso, Caçula? – perguntou Gênio.

– E a gente tem? – inquiriu Gustavo.

Os Zumbis riram.

– Até amanhã teremos um – garantiu Gênio.

– Acho melhor vocês perderem tempo treinando pra derrota não ser monstruosa – riu Patrick.

Gustavo viu nos olhos de Gênio que ele queria brigar. Mas seriam sete contra um. Isso, contra um. Gustavo correria, era fato.

– Isso é o que veremos – disse Gênio.

Gustavo e Gênio saíram da açaiteria, deixando o time adversário para trás. O caçula respirou aliviado por Gênio não ter inventado uma briga desnecessária.

– Quem é esse tal Zumbi dos Palmares?

Incrédulo, Gustavo estacou com a pergunta de Gênio. Ainda bem que a competição amanhã seria de basquete e não de conhecimentos históricos. Caso contrário, o Quinteto Fantástico estaria perdido.

LEMBRANÇAS

Júlia aguardava a mãe terminar a maquiagem para que os três pudessem descer para jantar.

Enquanto isso, a garota observava a movimentação da orla de Maceió da janela do quarto. Nem parecia que passava das nove da noite, graças ao grande número de pessoas que passeava e até mesmo fazia exercícios físicos àquela hora.

Júlia reparou que o vento agitava bastante a copa das árvores. Ao longe, a escuridão do céu se encontrava com a negritude do mar, e a linha do horizonte que divisava os dois era imperceptível. A lua havia se escondido atrás de uma grande nuvem.

"Será que vai chover?", se perguntou.

– Amor, vai demorar muito ainda? – questionou o pai de Júlia.

– Só um minutinho, amor. Tô terminando – respondeu a mãe, do banheiro.

– Você sabe que eu não gosto de chegar tarde da noite.

Júlia estremeceu. Lembrara que seu pai sempre falava que as cidades estavam cada dia mais violentas. A garota voltou a olhar para a orla. Tudo parecia tranquilo. Mas, de repente, ela teve medo. Medo de que algo ruim acontecesse com eles. Assaltos à noite eram comuns em qualquer lugar. Imaginou a família parando num sinal vermelho. Um ladrão se aproximando com a arma apontada e pedindo que deixassem o carro. O pai reagia acelerando o veículo. Disparos.

Júlia pegou o celular sobre a cama e conferiu a hora.

– Vamos, mãe!

Se a mãe de Júlia não estivesse distraída, conferindo o resultado da maquiagem no espelho, e o pai escutando um áudio qualquer no celular, teriam percebido o tom de voz nervoso da filha.

O ZUMBI MAIS FORTE

Gustavo leu:

– Zumbi dos Palmares, que também pode ter sido Zambi, foi um dos principais líderes do quilombo dos Palmares e do movimento negro contra a escravidão no Brasil. O quilombo, situado na Serra da Barriga, atual território de Alagoas, abrigava escravizados fugidos das plantações de cana-de-açúcar de Pernambuco e da Bahia e, no seu auge, chegou a contar com mais de trinta mil moradores. Em 1690, Zumbi era líder do povoado que foi duramente atacado pelo bandeirante Domingos Jorge Velho. Zumbi conseguiu escapar, mas, em 1695, foi traído e morto no dia 20 de novembro, data que, atualmente, corresponde ao Dia da Consciência Negra. O nome de Zumbi hoje é símbolo de resistência e de luta pela liberdade.

– Bela homenagem! – disse Gênio aplaudindo com sinceridade. – Escolheram bem o nome do time.

– É sério que você nunca tinha ouvido falar? – indagou o amigo.

– Agora lembrei. Mas faz tempo que estudei isso.

– A única coisa que eu não lembrava era que o Quilombo dos Palmares ficava em Alagoas.

– Esse Zumbi aí é o mais forte de todos. Mas, mesmo assim, com todo o respeito, a gente vai vencer o time dele amanhã.

– Com certeza! – concordou Gustavo. – Miguel não espera um resultado diferente da gente amanhã.

– E que tal "Avante, Mutantes!"?

– Hã? – O caçula não entendeu.

– O nosso grito de guerra.

Gustavo desabou na cama.

– Quer plagiar o grito de guerra dos Vingadores? Vai dormir e esquece isso – aconselhou o garoto. – A gente tem que descansar pra amanhã.

– Tem razão – disse Gênio. – Dorme também e se esquece de Júlia. Bola pra frente!

Júlia foi justamente o motivo de Gustavo perder o sono e demorar a dormir.

DO LITORAL AO SERTÃO

Ao atravessar a entrada do restaurante, Júlia pensou que viajara no tempo e no espaço e fora parar no sertão alagoano. A família foi jantar num tradicional restaurante de comida sertaneja.

Mas a garota não se sentia bem. Desde que desceram do apartamento, as mãos estavam geladas e ela se sentia meio febril.

O pai se serviu de um monte de pratos típicos, passando por purê de jerimum, carne de sol na nata e até pamonha. A mãe preferiu algo mais *light*, como tapioca e cuscuz com queijo coalho. A infinidade de pratos era grande, mas a fome da filha sumira. A boca estava seca, como as paredes de barro do restaurante que simulavam uma típica casa do sertão.

Júlia não falava nada. Assim como havia escassez de água no sertão, quando se sentia ansiosa as palavras secavam. Respondia às perguntas dos pais sobre a comida com um simplório "hã-hã".

Mas teve um momento em que Júlia sentiu a comida que mal descera pela garganta querer voltar. Por sorte, conseguiu controlar a ânsia de vômito antes que a traumática cena se repetisse.

A garota fechou os olhos por um instante. Ao abrir, percebeu que tudo escurecia como se desligassem algumas luzes do restaurante.

– Você tá bem, filha?

– Me ajuda, mãe!

– Vamos pra emergência agora!

– Me ajuda, mãe! Eu não quero morrer, eu não quero morrer!

MUTANTES *VERSUS* ZUMBIS

E os Mutantes saíram na frente, pontuando. Aliás, durante todo o primeiro tempo do jogo, os Zumbis não pareceram ameaça. O jogo parecia fácil demais.

"Tem alguma coisa errada... Eles não eram bons?", se perguntava Gustavo.

Na torcida, somente os alunos do Colégio Jorge de Lima. Jogar fora de casa colocava o Quinteto numa quadra sem torcida e isso fazia falta. Eles se sentiam sozinhos.

Se bem que Júlia poderia estar por ali, perdida no meio da arquibancada, torcendo por eles. Ou por ele. Afinal de contas, ela não estava em Maceió? Mas se ela soubesse do motivo que o impediu de beijá-la, nem quando estivesse jogando em casa ela torceria por ele.

O terceiro tempo começou e o Quinteto Fantástico já considerava a partida ganha.

– E, então, seu amiguinho decidiu o grito de guerra? – perguntou para Gustavo o jogador que na véspera usava óculos.

– Avante, Mutantes! – respondeu o caçula.

– Pena que vocês não vão avançar mais – e, dizendo isso, roubou a bola e fez um lançamento de três pontos.

    Gustavo encarou o adversário sem entender. Ele puxara conversa para distrair? Aos poucos, o placar foi mudando. O Quinteto Fantástico estranhou. E, para piorar, erraram passes, cestas e, quando se deram conta, o jogo já tinha virado e estavam nervosos, perdendo o controle da situação.

    – O que tá acontecendo? – perguntou Gênio.

    Gustavo tentou raciocinar. E, num momento de distração, sentiu a bolada na cara. Gênio errara feio o passe e o acertara em cheio. O caçula sentiu uma leve coceirinha na ponta do nariz e, ao olhar para o dedo, viu sangue. Sorte que o terceiro tempo acabara.

    – Pensei que você queria esmagar a cabeça dos Zumbis, não da gente – ironizou Gustavo com a voz nasalizada, enquanto Miguel estancava o sangramento com uma gaze.

    – Velho, foi mal – disse Gênio. E, depois, se voltando para o técnico – Surfista, eles não estavam praticamente mortos na primeira metade do jogo? O que houve nesse final de segundo tempo?

    – Não, eles não estavam mortos. Eles fingiram que o jogo estava dominado pela gente quando tinham tudo sob controle. Por isso, a torcida estava tão calma. Estranhei muito isso. Sabiam que os mortos estavam vivos. Que os escravizados em silêncio planejavam o ataque. E nada derrota mais um time que o ego inflado, achando que já ganhou. Vocês estão cansados, deram o máximo desde o início. Eles vão vir com tudo agora!

Gustavo olhou para Baixinho, Míope e Shrek, que, de tão molhados de suor, pareciam ter tomado um banho de chuva.

– Que o tal Zumbi nos perdoe, mas nós vamos ganhar deles!

O quarto tempo foi acirrado. O nariz de Gustavo voltou a sangrar e ele teve que ir para o banco. Paulo assumiu. Gustavo não gostou da substituição. Mas o placar estava empatado. O tempo se esgotava. Gênio lançou a bola para Paulo, que furou o bloqueio e deu a enterrada da vitória.

O apitou soou, indicando o fim da partida. Naquele dia, o Quinteto Fantástico aprendeu a jamais subestimar o inimigo. Até o último segundo do jogo, nenhum time pode ser considerado derrotado. E Gustavo, engolindo o orgulho, teve de admitir o bom trabalho de Paulo e parabenizar a humildade de Gênio, que não gostava de passar a bola.

Sem união, não há vitória.

UM DIA TEM TRÊS LETRAS

Depois de uma noite de molho, no soro, e de voltar para casa ainda no domingo pela manhã, a segunda-feira de Júlia foi bastante corrida. Primeiro, uma consulta com o clínico geral. Depois, alguns exames. E, na parte da tarde, uma ida ao psiquiatra.

Foi uma sugestão do clínico que a mãe acatou de imediato, apesar das ressalvas do pai, que achava desnecessário. Mas tudo indicava tratar-se de uma TAG: Transtorno de Ansiedade Generalizada.

O psiquiatra concordou, mas sugeriu que, antes de tomar qualquer remédio, a garota fizesse algumas sessões de TCC: Terapia Cognitivo-Comportamental. Uma tarde cheia de siglas e segredos.

Segredos porque Júlia não contou para nenhuma das amigas que fora ao psiquiatra. Aliás, esquecera o celular de propósito em casa para que não pudesse falar com ninguém.

No começo foi até bom, pois adiantou, e muito, a leitura do livro. Ganharia a aposta. Porém, ganhar ou perder não fazia tanta diferença agora. Gustavo não enviara nenhuma mensagem depois de sábado. Ela fizera alguma coisa errada. Ele nem contara se tinha ganhado ou não a partida. Ela ficaria na dela até ele falar.

À tarde, Júlia se arrependeu de ter deixado o celular. Estava ansiosa para conferir as mensagens. E, ao chegar em casa, se assustou com o número gigante de notificações, chamadas perdidas e mensagens.

"O que aconteceu?"

O CASO DOS DEZ ELEFANTINHOS

"Sua chamada está sendo encaminhada para a caixa de mensagens e estará sujeita a cobrança após o sinal..."

Gustavo desligou a ligação. O atleta estava chateado com ele mesmo. Deveria ter falado qualquer coisa com Júlia no sábado após o encontro e, no domingo à noite, não poderia ter dormido sem mandar uma mensagem contando o resultado.

E, para completar, na manhã de segunda a garota não foi para o colégio e as amigas inseparáveis, Kátia e Tathiana, não faziam ideia de onde ela estava. Decidiu procurar o pessoal do Clube do Livro no intervalo. Achou Letícia e Alan conversando com Ariadne e Gabriela, que chorava.

– Gabi! O que houve? – correu o irmão, preocupado.

– O Livreiro sumiu... – choramingou a irmã.

– Como assim? – Gustavo não entendeu.

– Livreiro é o nome do elefante que a Gabi pintou no clube – explicou Letícia. – Simplesmente levaram ele da entrada da sala dos professores.

– E quem fez isso teve muita sorte – começou Ariadne – porque a câmera de segurança quebrou justamente na sexta e não registrou quem aprontou isso.

– Gabi, não precisa chorar também, né? Era só um cofrinho.

As lágrimas voltaram a descer pelo rosto da irmã. Gustavo soltou um suspiro e pediu desculpas, justificando que estava preocupado.

– Aconteceu alguma coisa? – quis saber Alan.
– Não sei... – respondeu Gustavo. – Alguém sabe de Júlia? Não tô conseguindo falar com ela. Nem as melhores amigas sabem onde ela está...
– Um elefantinho desaparecido e uma aluna também... – raciocinou Alan.
– E somos dez alunos no Clube do Livro... Se nas próximas horas mais algum elefante sumir, pode significar que estamos em perigo.

MEMÓRIA DE ELEFANTE

– Só você mesmo, hein, Alan? – riu Júlia.
– Ando lendo muito Agatha Christie – respondeu Alan sorrindo.
Estavam sentados na arquibancada da quadra enquanto aguardavam o sinal tocar anunciando o fim do intervalo.
– Já estava me planejando para ser o assistente da investigação – brincou Serginho. – "Quem estaria por trás do assassinato dos alunos do Clube do Livro do Colégio João Cabral de Melo Neto?".
– Estou aqui e vivinha da silva pra contar a história. Ou melhor, pra não contar. Esses dias foram intensos...
– "Aluna desaparece e volta às aulas sem se lembrar do que fez no último final de semana". Taí outra boa ideia pra um livro de mistério.
O sinal tocou para alívio de Júlia, que não queria contar o episódio do vômito, o desinteresse de Gustavo e a consulta ao psiquiatra. Queria ser uma menina sem memória, mas se lembrava em detalhes de tudo o que adoraria esquecer. Memória de elefante.
– Vocês são muito criativos – disse Letícia para os colegas de clube enquanto se levantavam.
– Ju, avisa o Gustavo que vou ficar depois da aula pra pintar outro elefante? – pediu Gabriela, que completava o grupinho.
– Tá... – a garota concordou, apesar de estar evitando o jogador de basquete desde que chegara ao colégio logo cedo.
– E que tal um livro infantil: *Quem roubou o meu elefantinho*?
– Chega, Serginho! Vai pra aula! – falou Júlia, empurrando o colega do

clube que adorava histórias de humor e que, quando começava, não parava de falar.

Foi quando viu Gustavo na entrada do corredor que dava para a sala. Eles se olharam e depois seguiram para a aula sem falar nada.

MAPA-MÚNDI

Com a ajuda de Gustavo, o mais alto do Clube de Leitura, Lila colou no quadro branco um mapa-múndi.

– Imagino que cada um esteja viajando com uma velocidade diferente – começou a professora. – Então, quero que, como os pilotos, tracem a rota que já percorreram pelo globo.

Gustavo olhou atento para Júlia, a primeira a encarar o mapa. Não apenas porque se perguntava o motivo de ela não ter respondido a nenhuma de suas mensagens, mas também para perceber que estava prestes a perder a aposta. Ao lado de Mister Fogg, Mrs. Alda e Passepartout, ela já tinha chegado aos Estados Unidos. O atleta estava a caminho do Japão. Pouco a pouco, todos traçaram rotas coloridas no mapa. Alan foi o único que completou a volta ao mundo, ou melhor, a leitura do livro.

– E quais países vocês sonham conhecer?

– Estados Unidos e Reino Unido – disse Alan. – Por causa de Poe, Conan Doyle e Agatha Christie.

– Portugal, Espanha, Itália e Grécia – disse Serginho. – De novo.

– De novo? – se surpreendeu Lila.

– Sim – respondeu o garoto. – Meus pais adoram viajar. Fizemos um *tour* nas férias do ano passado.

Gustavo não pôde deixar de sentir um pouco de inveja do colega. Se os pais dele tinham dinheiro para tantas viagens, provavelmente teriam um plano de saúde bom ou até mesmo grana para pagar um bom psicólogo. Apesar de no início pensar que não precisava disso, o atleta, no fundo, sabia que precisava de um. E com urgência. Pena que sua mãe não tinha mais plano de saúde e que o pai, depois da separação e morando em São

Paulo, estava desempregado. Sorte já terem as bolsas de estudo no Colégio João Cabral de Melo Neto. Infelizmente, Gustavo precisaria se virar sozinho.

Tanto para ficar bom quanto para recuperar a amizade de Júlia.

Gustavo estranhou o distanciamento da garota quando Lila teve de repetir a pergunta para que a nadadora despertasse de sua distração:

– Júlia, tem vontade de atravessar os países e os oceanos voando? Que lugar gostaria de visitar?

O RELATO DE JÚLIA

"Nenhum" seria a resposta de Júlia, mas ela preferiu mentir e respondeu:
– Japão.

Japão! Logo o outro lado do mundo. A mentira com a perna mais longa já contada no mundo foi essa. A garota passou mal a caminho de Maceió, ali em Alagoas, do ladinho de Pernambuco. Imagina literalmente saltar oceanos e continentes num avião! Quer dizer, a psicóloga havia dito que, com o tempo e a terapia, ela enfrentaria todos esses medos. E seus pais estavam ao seu lado, dando a maior força. Quem sabe um dia poderia ir ao Japão? Mas por ora não. Se daqui a dois anos fosse ao Ceará, no passeio tradicional dos alunos do 9º ano, já estaria de bom tamanho.

– Agora que nós já falamos muito de países, viagens e sonhos, vamos bancar os antigos navegadores, que escreviam relatos de viagem narrando e descrevendo as grandes descobertas e aventuras que fizeram. Quero que vocês escrevam um breve relato sobre uma viagem inesquecível que viveram! *Let´s go*!

Júlia abriu o caderno. Nem precisou pensar muito para escrever. Após trinta minutos, Lila perguntou quem já tinha concluído e gostaria de ler. Aquela atividade curiosamente casava com a sugestão da psicóloga de recordar viagens positivas. Por isso, a garota foi a primeira a levantar a mão e ler.

Um dia inesquecível

Éramos três amigas no banco de trás do carro: Kátia, Tathiana e eu. Meus pais levavam o trio inseparável, como eles diziam, para um fim de semana na praia. Fomos para Porto de Galinhas, uma das praias mais visitadas do litoral sul de Pernambuco.

Como era feriado, 7 de setembro, pegamos um engarrafamento monstruoso na saída do Recife. Me lembro do meu pai falando, enquanto tamborilava os dedos no volante do carro, que aquele pedaço do caminho em que a gente já demorava mais de uma hora, normalmente seria atravessado em alguns minutos.

Cantamos algumas músicas e comemos nossos lanches ali, no veículo mesmo. Tiramos fotos. O tempo demorou pra passar, mas passou.

O dia foi incrível para três meninas que se sentiam as adultas só por viajarem juntas pela primeira vez. Mas só tínhamos oito anos. E nos iludíamos achando que o mundo parecia pequeno demais para a gente. Quando crescemos e fomos para o Fundamental II, dividindo o intervalo com o Ensino Médio, percebemos que somos pequenas demais para este mundo.

Fomos lambuzadas até a alma de protetor solar pela minha mãe, tomamos banho, vimos peixinhos, tiramos fotos, comemos um camarão à parmegiana maravilhoso no almoço, tiramos fotos, compramos chaveiros de galinhas, tomamos sorvete e fomos dar mais um mergulho para ir embora. Foi quando vimos uma bolha rosada linda! E presa nela, uma espécie de linha. Nós três ficamos curiosas. E cometemos o erro de tentar pegá-la. Queimamos as mãos numa caravela, ou melhor, numa caravela-portuguesa. Esse era o nome daquela bolha linda, como viemos a descobrir depois para nunca mais esquecer. Aquele serzinho inofensivo tornou o nosso feriado ainda mais inesquecível pela dor que sentimos.

A partir desse dia, aprendi três lições nesta vida: a primeira é que uma viagem por mais simples que seja pode ser inesquecível, a segunda é que chorar alivia a dor e a terceira é que coisas aparentemente inofensivas podem causar muito sofrimento.

O SUSTO

Gustavo ainda assimilava a história dolorida de Júlia quando Lila indagou quem seria o segundo a ler o relato de viagem. O atleta quase entrou em pânico. Ele não imaginava que o texto seria compartilhado com todo mundo. Em sala de aula, a professora sempre lia as melhores redações, mas perguntava antes quem gostaria de compartilhar a leitura. Mas ali, no Clube, ela perguntou quem seria o segundo. O que significava que haveria o terceiro, o quarto, o quinto, o sexto, o sétimo, o oitavo, o nono e o décimo! Era um Clube do Livro! E qual é o principal objetivo de um? Estimular a leitura!

Não! Gustavo não leria. E foi o que fez. Depois de ouvir todos os relatos dos colegas e ficar cada vez mais ansioso, resolveu dar uma desculpa antes que Lila pedisse para que lesse:

– Professora, tenho que ir pro treino. Hoje começa mais cedo.

– Tá bom, Gustavo. Tudo bem. Quer que eu leia o seu relato para os colegas?

– Não, não! – Gustavo percebeu que não segurou o disfarce. – Quer dizer, é melhor, não. Não está legal...

– Com certeza está sim – disse Lila, encorajando-o. – Deixa a gente ler.

– Contei algo muito pessoal – e Gustavo sem querer olhou para Júlia, que o fitava. – Não imaginei que todo mundo leria o seu. Melhor eu trazer outro na semana que vem.

– Se foi algo pessoal, tudo bem. A gente entende. Mas traga outro no próximo encontro, combinado?

Gustavo confirmou, já abrindo a porta da sala e saindo.

UMA VOLTINHA COM AS AMIGAS

Júlia tomou um táxi com a mãe. As duas iriam ao *shopping*. A mãe, após umas boas discussões com o pai, se colocou ao lado da filha, defendendo-a. Dissera até, no jantar do dia anterior, que errara ao deixar o marido mandar na vida da filha. E o que Júlia precisava agora era pensar mais nos próprios sonhos e não nas vontades do pai.

Agora, a garota se encontraria com as inseparáveis Kátia e Tathiana para pegar um cineminha, e a mãe aproveitaria esse tempo para fazer umas compras. No caminho, a garota ainda se perguntava por que Gustavo havia olhado pra ela quando se negou a compartilhar o relato no Clube do Livro. Será que ele tinha escrito sobre o fim de semana em Maceió e falara dela na redação?

Assim que entraram no *shopping*, a mãe despertou Júlia dos seus pensamentos:

– Vai por esse corredor que vou por esse. Aí suas amigas não me veem.

– Mãe! – falou rindo a garota.

– Também já tive a sua idade. Sei o que devo ou não fazer! – acenou com a mão e saiu.

Júlia tomou a escada rolante rumo à praça de alimentação. Ainda evitava qualquer tipo de elevador. Kátia e Tathiana se debruçavam sobre o celular de uma delas.

– O que vocês estão vendo aí, meninas? – perguntou a recém-chegada.

– Você não faz ideia de quem adicionou a Tathi! – disse Kátia, fazendo mistério.

– Para! – a amiga reclamou.

– Quem? – quis saber Júlia.

– Gênio! Seguiu e curtiu cinco fotos. Ou seja, zero discrição, queria ser notado. No mínimo, achou interessante.

– Foram fotos dos treinos de handebol – explicou Tathiana. – Pode ser interesse apenas por esportes.

– Acho difícil... Eu mandava um oi, puxando assunto pra saber quais são as intenções...

– Vocês ontem brincavam de boneca e agora já tão falando de meninos?

Júlia quase caiu ao ouvir a voz da mãe atrás dela. Kátia e Tathiana disseram em uníssono:

– Oi, tia!

– Aqui o dinheiro do cinema. Falei que iria entregar no táxi e esqueci. Agora vou lá dar minha voltinha. E, vocês, juízo!

– Pode deixar, tia – disse Tathi.

– Bonecas... – repetiu Kátia, revirando os olhos.

– Vamos comprar logo os ingressos? – Júlia achou melhor mudar de assunto.

Como a sessão ainda demoraria, Júlia, Kátia e Tathiana deram algumas voltas pelos inúmeros corredores.

Júlia estacou frente à livraria. Na vitrine, um livro que a interessou de imediato. Mas como compraria sem que as amigas fizessem qualquer pergunta ou descobrissem seu segredo?

– Preciso ir ao banheiro – disse Kátia.

– Vão na frente que eu vou perguntar se tem um livro que meu pai pediu – mentiu Júlia.

– A gente entra com você – disse Tathiana.

– Não precisa. É jogo rápido. Eu encontro com vocês no banheiro.

Enquanto as amigas se afastaram, Júlia pegou um dos livros da vitrine e correu para o caixa, a fim de pagar e esconder o livro na bolsa o mais rápido possível.

XIXI?

Shrek passou a bola para Míope, que levantou para Gênio, que tentou uma cesta, mas a bola deu uma volta sobre o aro e caiu fora. Baixinho pegou a bola e lançou para Caçula, que fez uma bela cesta de três pontos.

O Quinteto Fantástico trocou os costumeiros cumprimentos de comemoração, apesar de ser apenas mais um treino. Após se afastar, Gustavo retirou o suor da testa com as costas da mão e, ao parar um momento para descansar, sentiu como se algo estivesse descendo entre as pernas.

A princípio, pensou ser suor. Mas, depois, um pensamento aterrador lhe invadiu a mente: xixi.

Gustavo examinou o calção. Estava molhado. Mas só podia ser suor. Sempre ficava assim. Mas uma onda de calor subiu pelo corpo. Talvez estivesse enganado e desta vez fosse mesmo xixi. Discretamente, bateu com a palma da mão na parte interna da coxa. Estava mesmo molhada, cheirou a mão. Não tinha fedor de xixi. Tentou deixar para lá. A partida seguia. Mas precisava ir ao banheiro. Sua mente ordenava. Não conseguia parar de pensar nisso. E se tivesse feito xixi sem perceber? Tinha que ir ao banheiro. Se não fizesse nada no mictório, era sinal de que realmente tinha feito xixi. O garoto enlouquecia com a dúvida.

– Vou no banheiro – Gustavo avisou Miguel.

– Agora? – inquiriu o técnico. – Segura um pouco aí.

– Não dá – disse Gustavo e saiu em disparada.

No banheiro, fez xixi normalmente. Não tinha urinado nas calças. Respirou aliviado. Dúvida sanada. O tormento acabara.

Caçula se enganou. Era só o começo de mais um pensamento obsessivo.

LENDO LIVROS E PESSOAS

Júlia havia comprado um livro sobre ansiedade. Antes de dormir, após estudar para a prova de Língua Portuguesa, a garota se debruçou sobre ele. Por incrível que pareça, a leitura a ajudou a ficar mais calma e a entender um pouco mais sobre os medos que a afligiam.

Agora, durante a aula de Matemática, tentava resolver os cálculos das lições, mas a vontade mesmo era de continuar a leitura do livro.

– De novo? – era a voz de Jader, o professor de Matemática. – Você já saiu uma vez.

Gustavo tinha feito algum pedido. Ou tomar água ou ir ao banheiro. Júlia viu quando o garoto, muito envergonhado, insistiu:

– É que eu realmente tô precisando, professor.

– Tá – respondeu Jader com visível impaciência.

Era raro alguém pedir para sair na aula de Matemática. Todos os alunos tinham medo de Jader. Mas, se alguém pedisse duas vezes, era porque estava realmente precisando. Uma provável dor de barriga.

Gustavo voltou logo. Não era dor de barriga. Pelo menos, não pelos cálculos de Júlia.

A garota terminou as contas e levou o caderno para o professor corrigir. Na volta, passou pela carteira de Gustavo e percebeu que o garoto estava estranho, soltando um suspiro profundo.

– Tá tudo bem?

– Tá sim – respondeu o atleta.

Júlia se sentou na cadeira e ficou a observar Gustavo. Não, não estava tudo bem. Ela viu quando o garoto repetiu duas vezes a palavra "não" para si mesmo. Parecia aflito. Mas as questões de Matemática estavam tão simples... O motivo era outro. Mas qual?

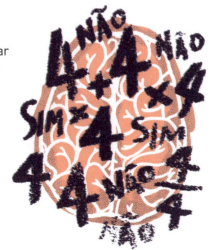

SOFRENDO CALADO

O dia prometia. Mas no pior sentido. Desde o último treino, Gustavo vinha sentindo uma vontade inusitada de fazer xixi. No entanto, quando entrava no banheiro, percebia que a quantidade de urina não correspondia ao tamanho da vontade.

– Eu não preciso ir ao banheiro de instante em instante. Só me faltava essa agora.

E foi com extremo sacrifício que tinha pedido a Jader para ir ao banheiro pela segunda vez na aula. Algo proibido, porém, a vontade – falsa ou verdadeira – foi mais forte que a vergonha.

Mas foi só Micheline, a professora de Ciências, entrar na sala, que o garoto pediu mais uma vez para sair. Depois do intervalo, teria prova de Língua Portuguesa. O garoto havia decidido que não tomaria mais água para que pudesse fazer a prova tranquilamente.

Ou não. Desde já se preocupava também com a possibilidade de precisar repetir a leitura. Decidira: leria apenas uma vez e responderia o que se lembrasse. Ele não faria os gostos da loucura. O atleta já tinha decidido. Iria lutar contra aquilo que o afligia. Sem ajuda de ninguém. Ficaria bom sozinho.

O sinal tocou, anunciando o fim do intervalo. E Lila entrou na sala com a pilha de provas de Português na mão. Alguns alunos já foram guardando os cadernos, outros ainda espiaram um pouco o livro antes de fechá-lo.

– Todo mundo em ordem alfabética? – perguntou Tathiana.

– Sim – respondeu Lila. – Mas em ordem alfabética decrescente.

– Oxe – bufou Kátia. – É cada invenção dessa professora. Não vou conseguir conferir as minhas respostas com as de Júlia hoje.

Gustavo riu.

A turma se organizou. Lila conferiu a distribuição dos alunos, conduzindo os engraçadinhos para os seus devidos lugares e, em seguida, entregou as provas com a frente voltada para baixo. Quando terminou, autorizou que todos virassem a prova e começassem. Qual não foi a surpresa de Gustavo ao encontrar o título:

ANSIEDADE: A DOENÇA DO SÉCULO

Quem nunca teve medo? Ou ansiedade?

Se nunca teve medo diante de uma situação inesperada ou ficou preocupado com alguma coisa que pudesse dar errado, com certeza, você não é humano.

O medo e a ansiedade são comuns a todas as pessoas e ajudaram o ser humano a evoluir ao longo dos séculos, fazendo com que deixássemos a vida nômade, caçadora e arriscada e buscássemos uma vida segura – ou sedentária –, coletora e tranquila.

Mas quando o medo e a ansiedade fogem do controle e causam sofrimento, transformam-se numa doença: a ansiedade.

Segundo a Organização Mundial da Saúde (OMS), os transtornos de ansiedade são as doenças mentais mais comuns atualmente. E elas não afetam somente adultos, que enfrentam um cotidiano estressante e repleto de cobranças. Cada vez mais, adolescentes e até mesmo crianças vêm apresentando sintomas, ligando o sinal amarelo desse problema no mundo todo. É preciso cuidar da inteligência emocional desde a infância.

Dermatites, distúrbios alimentares e doenças cardíacas, que em um primeiro momento seriam relacionados a outros problemas, são, muitas vezes, consequências de transtornos de ansiedade.

Não somos heróis, embora todos nós quiséssemos ser. Aliás, até o Superman não é invencível. Lembram-se da kryptonita? Batman e seu isolamento social não seriam resultado do trauma com a morte dos pais? E o corajoso arqueólogo Indiana Jones? Até ele tem medo de cobras!

Os transtornos ansiosos mais comuns na infância e na adolescência são: transtorno de ansiedade de separação (TAS), transtorno de ansiedade generalizada (TAG), fobias especícas (animais, altura, sangue, lugares fechados, água e voar), transtorno de estresse pós-traumático (TEP) e transtorno obsessivo-compulsivo (TOC).

Diversos estudos comprovam que esses transtornos têm relação direta com defasagens bioquímicas do organismo e que de 20 a 40% dos casos têm alguma relação com questões hereditárias. Ou seja, não significa "frescura", "falta de fé" ou "desculpa".

As palavras estresse, ansiedade e depressão, infelizmente, foram banalizadas com o tempo e usadas de modo inadequado, o que leva muitas pessoas a não darem a devida atenção e retardarem em muitos anos o início do tratamento dessas doenças. Sim, são doenças. E por isso mesmo têm cura.

Procure um psiquiatra ou um psicólogo se você estiver passando por algo parecido. Com a ajuda desses profissionais e o tratamento adequado, o medo e a ansiedade voltarão a níveis saudáveis. E você, é claro, seguirá evoluindo como a própria humanidade vem fazendo ao longo dos séculos.

Ao terminar a leitura do texto, Júlia olhou para a professora. Será que ela já sabia? Será que os pais tinham contado algo no colégio? A garota não queria que os colegas soubessem que ela estava fazendo terapia. Tinha vergonha. Ou será que era apenas coincidência? Lila tinha um sexto sentido apurado. Isso era fato.

Júlia começou a responder às questões. Nunca tinha achado uma prova tão fácil e tão a cara dela. Estava no sétimo quesito quando ouviu alguém se levantando. Era Gustavo, que entregou a prova para a professora e saiu ligeiro.

Ele nunca fora dos primeiros a terminar. Realmente, havia alguma coisa errada com Gustavo.

A DESCOBERTA

Gustavo leu o texto da prova de uma só vez. Não queria repetir. Mas, mesmo angustiado, não poderia ler de novo. Estava com vontade de fazer xixi. Tinha ido ao banheiro antes da prova, porém já sentia vontade de novo. Precisava ir. Mas não podia sair sem entregar a prova. Teria de acelerar. Depois de mais algumas questões, Gustavo olhou para a calça e achou que ela estava mais escura. Ficou desesperado. Tinha feito xixi nas calças?

Entregou a prova e saiu apressado, segurando o livro de Júlio Verne em frente à calça para que ninguém percebesse nada. Mas nada tinha acontecido, como ele constatou ao entrar no banheiro. Nem sinal de calça ou cueca molhada. Fora uma falsa impressão. Nada além disso.

Olhou o semblante no espelho. Sentia-se enlouquecer. Precisava contar isso a alguém. Mas a quem? A porta de um dos reservados abriu e ele levou um susto. Era Gênio.

– E aí, velho? Beleza? – cumprimentou o capitão do Quinteto Fantástico.

– Beleza – respondeu Gustavo, colocando detergente nas mãos. Apertou o refil cinco vezes para ser mais exato. E foi quando ouviu um barulho estranho, como vidro batendo, ou algo assim.

Gustavo olhou para Gênio, que tinha colocado a mochila sobre o tampo da pia.

– O que tem aí dentro?

– Nada – respondeu o outro, visivelmente escondendo algo.

Gustavo não insistiu, mas quando o amigo, depois de arrumar o topete, pegou a mochila novamente, o caçula do time de basquete não conseguiu se conter:

– Velho, o que tem aí dentro?

– Uma coisa minha. Nada demais.

– Parece vidro. Tem garrafa aí?

– Não, não.

– Você tá bebendo escondido, Gênio?

– Tá louco. Nada a ver. Nunca coloquei uma gota de álcool na minha boca.

– Então o que é isso aí? – insistiu Gustavo.

Gênio respirou fundo e, depois de abrir a mochila para o caçula do time olhar dentro, disse:

– Me desculpa.

O SEGREDO DA MOCHILA

Após as aulas de quinta, Júlia saiu a pé da escola rumo à casa dos avós, que moravam num prédio ali perto. De lá, com a avó materna, iriam para mais uma sessão de terapia.

Mas, no caminho, ela viu Gustavo e estranhou uma coisa: a mochila preta. O garoto tinha uma inconfundível e inseparável mochila laranja. E aquela mochila preta não era de Gabriela, que tinha uma do Harry Potter.

Na esquina da rua de trás do colégio, Gustavo parou e olhou em volta. Júlia se abaixou atrás de um carro e o viu retirar da mochila uma sacola preta e colocá-la em meio aos sacos de lixo. E, para surpresa da garota, ele deu a volta, retornando em direção ao colégio.

Por um minuto, Júlia se considerou naqueles filmes de ação e espionagem. Esgueirou-se ao lado do carro para que Gustavo não a visse. E, mais por diversão do que por curiosidade, a garota, que se sentia o próprio detetive Fix, resolveu olhar o que o colega tinha jogado fora.

Imaginou qualquer coisa, menos aquilo.

DESMASCARADO?

Na sexta-feira, Gustavo lia na arquibancada da quadra quando uma mão pousou sobre as páginas abertas do livro.

– Eu sei de tudo.

Era Júlia, que o encarava muito séria. Ele achou estranho, mas depois entendeu:

– Eita! Você já terminou? Então perdi a aposta...

– Não, não – Júlia cortou. – Tô falando do seu segredo.

Gustavo estremeceu.

– Sei bem o que você tá sentindo – Júlia prosseguiu. – Mas não precisa esconder. É melhor falar a verdade. Vai ser melhor pra todo mundo. Para de sofrer com isso.

Gustavo não sabia o que falar. Será que ele não tinha disfarçado os sintomas do TOC direito? E quem era Júlia para se meter na sua vida?

– Você tava me bisbilhotando?

– Vi sem querer. Mas não tinha como não ver. Tava na cara esse seu nervosismo esses dias.

Gustavo se levantou.

– Não se preocupa... Já tá tudo em ordem.

Júlia o reteve pelo braço.

– Você não tem culpa. Você não é mau. Sei que só pode ter sido um acidente. Por isso, pra que ficar escondendo?

– Acidente? Do que você tá falando?

– Do elefantinho de Gabriela, Gustavo! Do que mais seria?

ESCOLHAS

Gustavo desconversou, e Júlia ficou com raiva dele por causa disso. Era óbvio que o atleta não tinha quebrado o elefante da irmã de propósito. Não havia motivo para uma coisa dessas. Mas o que ela devia fazer então? Deixaria para lá ou contaria a Gabriela? Ou a Lila?

No intervalo, a garota se juntou aos colegas do Clube do Livro.

– E aí, Júlia? Já deu a volta ao mundo? – era Letícia quem perguntava.

– Já! Acabei ontem – contou a garota.

– Vocês demoram muito. Já tô acabando *Viagem ao centro da terra*, outro livro de Júlio Verne – disse Bernardo, o leitor mais voraz do Clube. – Quero ver se neste final de semana já começo outro: *20 mil léguas submarinas*.

– E o que vocês acharam? – perguntou Clara.

– Adorei! – disse Gabriela. – E fiquei louca pra andar um pouquinho nas costas de um elefante.

– Mas hoje em dia esse tipo de transporte já é proibido em alguns países porque é uma atividade muito cruel com os animais – explicou Letícia. – No meu livro, tinha uma nota de rodapé que explicava isso.

– Mas, falando em elefantes, o seu novo Livreiro ficou ainda mais bonito – elogiou Marcela.

– Obrigada! – agradeceu Gabriela.

– Hum...

– O que foi, Alan? – perguntou Júlia para o colega, que alisava o queixo, pensativo.

– O mistério ainda não foi resolvido. Ninguém viu nada, ninguém sabe de nada...

– E a desaparecida voltou e, por coincidência, um novo elefantinho foi arranjado – interrompeu Serginho com ar detetivesco. Em seguida, olhando bem dentro dos olhos de Júlia, perguntou: – Será que foi você a culpada?

– Eu?!

– Analisemos os fatos – ele continuou. – O elefantinho sumiu na sexta, na segunda você não veio e na terça Lila já arranjou outro animal extra para

Gabriela pintar. É lógico: você faltou na segunda para comprar outro elefantinho de barro. E, é claro, Lila, como uma *lady*, guardou segredo.

– Esse menino é um talento! – disse Bernardo. – Estou louco para ler seu primeiro livro.

– Júlia jamais esconderia uma coisa dessas – defendeu Gabriela. – Aliás, ninguém do clube. Concorda, Ju?

– Hã-hã... – se limitou a dizer a garota.

– E se vocês descobrissem o culpado? Contariam ou não a Lila? – provocou Alan.

Todos responderam sim quase em uníssono. Só Júlia demorou um pouquinho mais, hesitando antes de dizer:

– S-sim...

ESCONDENDO O JOGO

Gustavo sentiu uma mão delicada pousando sobre seu ombro. Ao se voltar, tomou um susto. Era Sophia, a psicóloga.

– Oi, Gustavo! Tudo bom?

– Tu-do... – respondeu o garoto que não estava nada legal. O que Sophia queria com ele?

– A gente pode conversar na coordenação um pouquinho?

– Po-de...

Ao chegarem lá, Sophia entrou na salinha de Heloísa, a coordenadora, e pediu para o garoto se sentar.

– Heloísa não veio? – quis confirmar o garoto.

– Infelizmente, não. Está com uma crise de garganta terrível – explicou Sophia. – Hoje sou coordenadora e psicóloga.

– Mas por que a senhora me chamou? – perguntou Gustavo.

– Vieram conversar comigo. Houve um incidente...

Gustavo apertou os dentes.

"Júlia!"

DESCOBRINDO A VERDADE

– Qual é a sua, garota?

Júlia saía da biblioteca quando Alexandre, o famoso Gênio, interrompeu seu caminho.

– Que susto!

– Não banca a desentendida – reclamou o outro. – Por que você foi se meter onde não era chamada?

– Não sei do que você tá falando...

Júlia fingiu que não entendeu o motivo da conversa, mas Gênio não a deixou se afastar.

– Sabe muito bem sim! É disto que estou falando! – e desbloqueou a tela do celular.

Júlia leu a mensagem:

> **Júlia me ferrou**
> **Contou pra Sophia que fui eu quem**
> **quebrou o elefante**
> **Mas fica tranquilo**
> **Não vou falar nada**

O cérebro da garota deu um nó. Então, quem quebrou o Livreiro foi Gênio?

– Você não tinha mais o que fazer não, garota?

– Então foi você? Mas eu vi Gustavo jogando...

– Fui eu sim! Tava procurando Lila pra entregar uma redação que eu tava devendo quando entrei lá na sala dos elefantes. Como eu tava suado, a bola de basquete escorregou, quicou no chão e pá! Acertou em cheio o tal elefante. Eu o escondi na mochila de treino no armário do vestiário, que ficou lá até ontem porque não consegui tirar antes sem ninguém ver. Mas, justamente quando eu ia saindo com a mochila, Miguel me chamou pra conversar. Como os cacos estavam fazendo barulho, Gustavo deu um jeito de trocar de mochila comigo pro técnico não desconfiar. Aí, você vem e se mete nisso tudo.

– Você deveria ter contado a verdade! – Júlia tentou se defender.

– Eu já tenho duas advertências – disse Gênio. – Se eu levar mais uma, serei suspenso e não jogarei a próxima partida.

– Eu não sabia...

– Pois é! Caçula é incrível! Tava salvando a minha pele. Já você é uma menina muito abusada!

– Isso é jeito de falar, senhor Alexandre?

Júlia reconheceu a voz. Era Lila.

– Pro-professora... – gaguejou Alexandre.

– Escutei tudo. Para a coordenação agora!

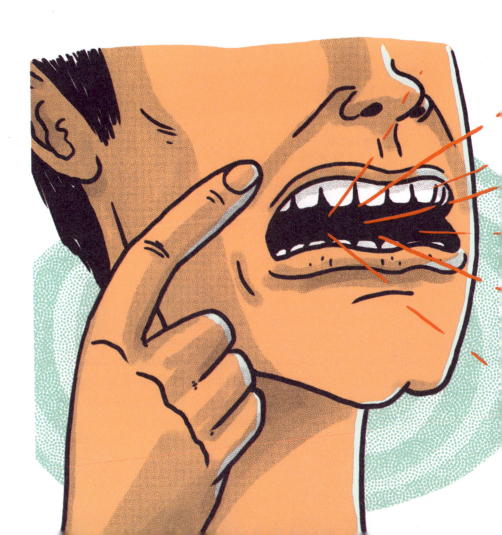

MANIA DE SUMIÇO

Gustavo terminava de dar uma desculpa qualquer quando Gênio apareceu na coordenação juntamente com Júlia e Lila.

O atleta abaixou a cabeça e entendeu que mentira tem pernas muito curtas. Júlia foi a primeira a ser liberada. Gustavo, o segundo. Alexandre, Gênio, ainda iria conversar um pouco com Sophia.

Ao voltar para a sala, Gustavo se deparou com Júlia já sentada na primeira fileira e com duas aulas de Jader pela frente. Só conseguiria falar com ela assim que o sinal tocasse.

Mas o TOC o atrasou. Tinha apagado o último cálculo para refazê-lo de modo mais organizado no caderno, e esses segundos que perdeu foram o suficiente para a nadadora sumir.

Gustavo correu para a recepção da escola, procurou-a em meio aos alunos que subiam nas *vans*, nos grupinhos que esperavam os pais e nem sinal da garota. Pegou o celular e pensou em mandar mensagem. Mas se lembrou do que tinha acontecido na segunda-feira, após voltarem de Maceió, e desistiu.

Ela sumira e, tal qual aquele dia, provavelmente não responderia.

ALGUNS PENSAMENTOS

Júlia conferiu a lista com os nomes dos contatos mais recentes. E, diferentemente do início do ano, não estavam mais ali os nomes *Kat* e *Tathi*.

A ex-nadadora se distanciara das amigas.

Foi assim que ela pensou. Mas, desde que se lembrava, a amizade das três funcionava assim. Júlia achava que eram os treinos que as separavam. Não era. Era ela mesma. Júlia. E será que as amigas não eram tão amigas assim? Ou ela que queria controlar o comportamento das duas? A sua ansiedade exigia que os outros fossem iguais a ela e não o contrário?

Nesta semana, ela conversou mais com os colegas do Clube do Livro. Gostavam de ler, tinham afinidade, é claro. Mas... Júlia teve de confessar a si mesma que estava fugindo das amigas. Era muito mais fácil dar uma sumidinha do que encarar as duas para contar o que se passava... Elas sabiam só até o fiasco da competição e a lamentável cena do vômito. Talvez, o fato de a amizade estar estremecida fosse consequência também do afastamento da garota, exigente e perfeccionista. Como a psicóloga falara, a ansiedade faz com que a pessoa queira tudo do seu jeito, até mesmo as amizades. Era preciso repensar isso. Tempo ao tempo para tudo se revolver. Júlia queria ser forte, apenas contar o lado bom da vida, mas...

A vida tinha os dois lados. E uma amizade de verdade estaria sempre por perto na tristeza e na alegria, na vitória e na derrota. Júlia não sabia se ouvira ou se lera que os verdadeiros amigos eram os que comemoravam as vitórias uns dos outros, sem qualquer inveja. Nesse quesito, ela não poderia se queixar nem de Kátia nem de Tathiana. As duas estavam lá, torcendo e vibrando sempre. Júlia podia contar com elas. E contar a elas sobre a TAG, a terapia... Abrir o mar de segredos para caminharem juntas de novo. Ou como sempre. Mas cada uma do seu jeito, nadando no seu ritmo. E com sinceridade. E para ser sincera, era preciso ser forte.

A psicóloga também falara que ela, Júlia, era forte, uma vez que tinha conseguido falar com os pais e se comprometido a enfrentar os medos na terapia duas vezes por semana. Pensar em medo a fez se lembrar de Gustavo.

Desceu a listagem até o nome do atleta. Abriu a foto do perfil. Ele era magrelo e altão, e bonito. E tinha um pouco de olheiras. Pela primeira vez as notara. Davam até uma beleza meio sofrida, meio preocupada.

Gênio estava certo. Ela não deveria ter se metido.

– Almoçou no colégio?

Era a mãe à porta do quarto.

– Não, não.

– Cansei de chamar. Pensei até que tinha pegado no sono.

– Tava pensando numas coisas aqui...

A mãe entrou no quarto, mas ficou de pé.

– Pensando no seu pai?

Júlia concordou. Mas ainda não sabia como falar ao pai que não queria mais nadar.

– Filha, seu pai quer muito que você seja uma atleta profissional, que vá às olimpíadas e sei lá mais o quê. Esse é o sonho dele. Se for o seu também, ótimo. Se não for, ótimo também. Cada um é o que quiser sonhar.

– Não sei se quero voltar a nadar...

– Eu sei que você não quer – interrompeu a mãe. – Não como esporte. Tá tudo muito recente ainda... A única coisa que quero agora é que você não se cobre. Primeiro, se cuide. Depois, você enfrenta o *shark*-pai.

Júlia riu.

– Agora passa pra almoçar! – ordenou a mãe, fingindo estar furiosa.

A garota entrou na brincadeira e saiu da cama correndo.

MAIS UMA BATALHA SE APROXIMA

Assim que Gustavo chegou ao colégio na segunda-feira, viu os colegas de equipe reunidos em círculo. Miguel gesticulava com uma expressão séria no meio deles.

Ao se aproximar, o caçula do Quinteto Fantástico entendeu que comentavam sobre algo que tinham visto no celular de Míope. A atenção de todos era plena.

Gustavo fez um ligeiro movimento com o queixo, inquirindo o assunto:

– Samurais – respondeu baixinho.

Shrek pegou o celular de Míope e mostrou a jogada. Foi tão rápida que Gustavo não entendeu. Mas nem precisou o amigo explicar; em seguida, o mesmo lance era exibido em câmera lenta. Gustavo deixou escapar um palavrão. Todos, então, se voltaram para ele, que levou a mão à boca antes de completar:

– A gente tá lascado!

– Não, não! – negou o professor. – Vocês não podem pensar assim. Vocês não venceram os Zumbis? Então, acabar com os Samurais não vai ser tão impossível assim.

– Impossível? – Baixinho repetiu a palavra.

– Pensei que fosse falar "difícil", mas "impossível" com certeza deixa a gente mais tranquilo – ironizou Shrek.

– A sorte é que dessa vez a gente joga em casa – relembrou Míope. – Temos a torcida do nosso lado.

– Por que eles se chamam de Samurais? – quis saber Gustavo, a fim de não cometer o mesmo erro de interpretação que ocorreu com os Zumbis.

– São muito rápidos, como verdadeiros espadachins em guerra – explicou Míope.

– Você viu o vídeo – disse Shrek.

– E eles são de onde mesmo? – perguntou Gustavo.

– De Natal, do Colégio Nísia Floresta – respondeu o técnico. – E, a propósito, nada de palavrões! Quer ocupar o lugar de Gênio?

Só então Gustavo percebeu que Gênio não estava no grupo. Parecendo adivinhar a pergunta do garoto, Miguel antecipou:

– Infelizmente, não poderemos contar com ele na próxima partida.

"Júlia!"

Ao lançar o olhar em direção ao pátio, viu Júlia chegando à cantina com as amigas.

CONFUSÃO

– Tudo culpa sua! – gritou Gustavo.

Júlia tomou um susto. Havia evitado Gustavo durante o fim de semana para que as coisas se acalmassem. Mas parece que não tinha adiantado.

– Gustavo, me desculpa! Eu fiz besteira...

– Besteira? Você acabou com o nosso time. A gente vai ser massacrado pelos Samurais no próximo jogo.

A garota não compreendeu nada da metáfora, mas entendeu que Gênio tinha ficado de fora. Antes que conseguisse dizer algo, Gustavo continuou seu ataque de fúria:

– Gênio foi suspenso! E a culpa é sua! Satisfeita?

– Calmaí, estressadinho! – disse Gênio, afastando Gustavo com o próprio peito. – Não fui suspenso, não – e exibiu o braço esquerdo engessado e já com alguns desenhos e mensagens. – Caí ontem andando de *skate*. Quer assinar?

QUANDO O JOGO VIRA

Gustavo alternava o olhar entre o gesso de Gênio e a cara do amigo.
– Foi mal, velho – disse o capitão dando de ombros.
O caçula do time olhou para Júlia e notou os olhos dela marejados.
– Satisfeito? – ela disse e saiu sem conseguir conter as lágrimas.
– Júlia, espera a gente – pediu Kátia.
– Idiota! – resmungou Tathiana e seguiu as duas amigas.
– Velho! Júlia, na sexta, depois da aula, foi interceder por mim. Fui chamado à coordenação de novo. Aí, eu também pedi desculpas pra ela. Ela me desculpou, eu a desculpei. Ficamos de boa! E eu só tive que pagar o prejuízo do porquinho.
– Elefante.
– Isso.
– Ela é gente fina. Entendi até por que você tava a fim dela.
– Não, eu não...
– Velho, na boa, você tá meio estressado. Tá acontecendo alguma coisa?
– Não, tá tudo bem – disse Gustavo. A resposta já saiu no automático.
– Tem certeza? – insistiu Gênio.
O sinal tocou. Como diz o ditado, salvo pelo gongo. Mas se Gênio insistisse mais uma vez, Gustavo teria dito que sim.

LAVANDO AS MÃOS

A fila da cantina estava maior que o normal. Kátia e Tathiana deixaram Júlia guardando lugar e foram ao banheiro.

A garota ainda pensava em Gustavo. Ela tinha se acertado com Gênio e tudo mais, mas Gustavo havia sido muito grosseiro. Se ele não queria entender, paciência. Como dizia seu pai quando não queria se meter em algo, lavaria as mãos.

– Quero entrevistar ele rapidinho pra fazer um vídeo. Vai ficar bem legal.

Júlia, então, percebeu que atrás dela acabavam de chegar Gabriela e Ariadne. Ariadne tinha um *vlog* no YouTube que toda escola acompanhava. Chamava-se *Fios de Ariadne*, e a menina era do 6º ano, como Gabriela.

– Sim, sim. Ele vai topar – disse Gabriela. – Só acho que ele já pode aparar o sovaco. É muito feio com pelos.

Júlia ergueu as sobrancelhas. Não esperava um comentário desses de duas meninas do 6º ano.

– Com pelos ou sem pelos, é uma escolha dele – riu Ariadne.

– Mas pelos e suor não é uma combinação perfeita... Na natação, todo mundo tira do corpo todo.

– É por conta do atrito – respondeu Júlia, se intrometendo na conversa.

– Ju! – exclamou Gabriela, notando a colega do Clube do Livro. – Não tinha visto você!

Júlia sorriu e continuou:

– Sem atrito, o nadador pode aumentar a velocidade. Por isso tiram os pelos do peito e das pernas.

– Mas mesmo assim, se eu fosse o técnico mandava raspar. Muito feio!

Ariadne bagunçou o cabelo de Gabriela:

– Liberdade aos pelos e aos cabelos – disse Ariadne, balançando os cabelos cacheados. – Sem preconceito, viu?

– Tá bom, tá bom. Nem vou reclamar. Meu irmão já demora muito pra sair de casa. Lava a mão de instante em instante. Até antes de calçar o tênis, acredita?

Júlia estranhou.

– Mania?

– Ele tem um monte. Outro dia tava desligando a luz do banheiro com o cotovelo pra não tocar.

– Essa fila não andou quase nada – disse Kátia ao voltar com Tathiana.

Mas Júlia nem concordou nem discordou. Pensava em Gustavo.

DEZ MIL CESTAS DE TRÊS PONTOS

A semana passou voando. E, para surpresa de Gustavo, ele era o novo capitão do Quinteto Fantástico. Responsabilidade redobrada. O garoto não poderia falhar.

– Agora é descansar o corpo e preparar o emocional para o domingo.

Essas foram as palavras do professor Miguel. A primeira parte parecia mais fácil. Mas a segunda, não.

O professor mandou recolher as bolas e perguntou quem poderia deixá-las na coordenação, já que ele precisava sair mais cedo. Gustavo se comprometeu a guardá-las.

Pouco depois, todos seguiram para o vestiário. Menos Gustavo. Ele só fizera quatro cestas de três pontos. Mas quatro não. Nunca o número quatro.

Então, o garoto pegou uma das bolas e tentou uma cesta de três pontos. Não conseguiu.

Pegou outra. Também não conseguiu.

Não entendeu o que estava acontecendo com ele.

Tentou com uma terceira. Finalmente!

Mas Gustavo precisava completar a quinta cesta de três pontos. Senão não iria para casa tranquilo.

Fez a quinta. Mas não conseguiu ir embora. Apertou os dentes. Os pensamentos voltavam a atormentá-lo.

Não queria repetir. Não precisava. Mas a necessidade parecia cada vez mais incontrolável. Se ele fosse para casa, ele teria que, na semana seguinte, na sexta, repetir tudo de novo. E ele não queria isso. Não queria ter de repetir tudo, como fizera com o livro de Júlio Verne, lendo os mesmos capítulos inúmeras vezes.

– Não!

Ele tentou convencer a si mesmo de que tudo era ilógico, que ninguém iria morrer por conta daquilo. Mesmo assim, não pôde se segurar e lá foi ele fazer mais e mais cestas de três pontos. Agora seriam 10.

Mas não parou aí.

Até que se viu usando uma lógica totalmente arbitrária, em que cada bola valia 10 pontos. E depois 100.

Provavelmente sua mãe, seu pai e qualquer pessoa que soubesse o motivo que o obrigava a seguir ali em quadra achariam que fosse loucura dele. Ele também achava, mas não conseguia parar. Não conseguia parar. Ele precisava repetir. Ele precisava repetir. Ele não aguentava mais, mas precisava repetir. Repetir. Repetir.

E cada bola passou a valer 1000 pontos. Ele precisava chegar aos 10 mil pontos, senão morreria.

Por que ele não conseguia esquecer tudo isso? Que memória de elefante era essa que o esmagava? Gustavo quis chorar. Mas não conseguiu. Tinha que acertar o lance de dez mil.

E ele errou. Estava cansado. Estava exausto.

Insistiu mais uma vez. O lançamento foi ruim. A bola deu duas voltas no aro antes de cair no cesto.

Desabando de joelhos, Gustavo esmurrou o chão.

– Eu não vou mais repetir! Eu não vou mais repetir!

E bateu no chão de novo. E de novo. E de novo. E de novo.

– Para, Gustavo!

Dessa vez não era a voz dele. Mas a de Júlia.

– Isso é TOC.

TRATAMENTO DE CHOQUE

Júlia ergueu Gustavo, puxando-o pela gola da camisa.

– Chega! Você não vai repetir mais nada.

Ele se desvencilhou:

– Tô treinando. Me deixa sozinho.

– Isso não é treino – disse Júlia, encarando os olhos exaustos do garoto. – É TOC!

– Não me atrapalha. Vai embora.

– Não vou.

– Vai embora, por favor! Me deixa repetir!

– Você tem que parar.

– Eu não consigo...

Júlia teve pena da aflição estampada no rosto de Gustavo.

– Você sabe que isso é TOC, não sabe?

Ele confirmou com um sutil movimento de cabeça.

– Já percebi que você repete a mesma coisa algumas vezes. Você tem fixação por um número. E não adianta tentar mentir. Qual o número?

– É o quatro – ele confessou.

– Se você não parar, isso não vai ter fim.

– É só uma crise. Vou ficar bem.

– Ninguém sabe, né?

– Ninguém – e depois de uma pausa. – Só você agora. E valeu por estragar tudo.

Gustavo recolheu as bolas sob o olhar de Júlia e se afastou cabisbaixo.

Júlia não sabia o que fazer. Gustavo não estava disposto a falar. Mas ele precisava de ajuda. E ela precisava fazer alguma coisa. Mas o quê?

Na escada que dava para a coordenação, Júlia empurrou Gustavo na parede. E deu um, dois, três, quatro selinhos.

O atleta ficou atônito.

– Pronto! Quatro! Mas você não vai morrer por conta disso – e a garota se virou para ir embora.

Gustavo a reteve:
– Você tá louca?
Júlia se desvencilhou:
– Tente não morrer até domingo que dou mais um beijo.
E saiu correndo.

ABRINDO O JOGO

> Pq vc fez isso?

Ainda com a roupa suada do treino, Gustavo enviou mensagem para Júlia. O garoto estava perturbado. Milhões de pensamentos atordoavam sua cabeça. Precisava repetir cestas de três pontos. Precisava descansar para domingo. Precisava de mais um beijo de Júlia.

Assim que viu a garota *on-line*, não perdeu tempo. Tinha que esclarecer muitas coisas. Entre elas, como ela descobriu que ele tinha TOC e se ela gostava dele.

Júlia demorou digitando. Gustavo imaginou que viria um textão. Foram apenas cinco palavras. Cinco palavras. Menos mal.

> Eu precisava fazer vc parar

> Como vc descobriu que eu tenho TOC?

> Vinha reparando em vc
> Achava seu comportamento estranho
> Cheio de manias

> Todo mundo tem manias

> É
> Mas vc passou mal outro dia na aula
> Foi uma crise de pânico?

> Não sei...
> Acho que não...
> Eu tentava esconder de todo o mundo

Eu sei
Que nem eu

> Vc tem TOC tb??

Não
Ansiedade
O psiquiatra falou que é TAG

> TAG?

Transtorno de Ansiedade Generalizada
Por isso volta e meia eu me sentia mal em sala
Mas não se preocupa
Não vou falar pra ninguém
Seus pais não sabem, né?

> Meus pais são separados
> Moro mais minha mãe
> Mas ela não sabe
> Já trabalha um bocado na faculdade
> Não quero que ela fique preocupada comigo

Mas ela precisa saber

> Vou ficar bom sozinho
> Você vai ver
> É só uma fase
> Vai passar

> Eu tô fazendo terapia
> Tá me ajudando bastante
> E terapia não é pra louco

>> Eu sei
>> Se eu pudesse faria
>> Mas as coisas em casa tão ruins
>> A gente tá sem plano
>> Terapia é caro
>> E não faço ideia de como funciona no SUS
>> Mas aí precisaria contar pra minha mãe
>> Vou me virar sozinho

> Gustavo...

>> Confia em mim, tá?
>> E não conta pra ninguém

> Já disse que não vou falar nada

>> Vou ficar bom
>> Vc vai ver

Júlia demorou um pouco digitando. Escreveu:

> Gustavo

>> Oi

> Entendo vc
> Conta comigo, tá?

Gustavo se arrependeu de toda a conversa. Era melhor não ter falado nada. E os quatro beijos? O garoto precisava beijar Júlia de novo. E, desta vez, teria de ser cinco beijos.

110

> Ah, não vou pedir desculpas pelos beijos
> Se não gostou, problema seu

Gustavo sorriu.

> Quem deve pedir desculpas a vc sou eu
> Fui grosseiro esses dias
> Foi mal, tá?

> Tudo bem.
> Como sou uma pessoa muito boa
> Vou perdoar

> Obrigado

> Mas sobre o beijo?
> Vc não vai falar nada?

> Eu gostei. rs
> Queria até mais um...

> Espero que não seja por causa do TOC...

Gustavo não sabia o que responder. Era e não era. Demorou um pouco, mas digitou:

> Quem sabe domingo?

Júlia demorou para enviar a resposta. Mas, quando chegou, Gustavo sorriu como há muito não sorria.

DE PAI PRA FILHA

Júlia acordou cedo no domingo. Ainda se revirou um pouco na cama, tentando retomar o sono, mas nem sinal dele. Ficou um tempo ainda deitada, mexendo no celular, antes de se levantar pra fazer xixi e escovar os dentes.

Escutou um barulho vindo da cozinha. Saiu do banheiro e deu de cara com o pai, arrumando a mesa do café da manhã na sala.

Ele colocou café numa caneca que tinha a foto dos dois. Foi o presente do Dia dos Pais do ano passado. Só depois de concluir a operação, notou Júlia à porta.

– Bom dia, filha.

– Bom dia, pai.

– Vamos tomar café?

A garota assentiu. O pai sempre levantava cedo aos domingos para correr na orla de Boa Viagem. Ele tirou os óculos de sol e os pôs em cima da mesa.

Júlia quis dizer alguma coisa. Imaginava que o pai estivesse esperando que ela falasse algo sobre a natação. Mas ela não queria voltar. Pelo menos, não agora. Ainda não. Nesse momento, a garota pensou que essa preocupação deveria ser um pouco parecida com a que Gustavo sentia quando pensava em conversar com a mãe sobre TOC.

– Vamos correr? – perguntou o pai. – Você precisa praticar alguma atividade física. A psicóloga disse que fará muito bem.

– Pai...

– Não tô falando de natação. Tudo no seu tempo. Como sua mãe pediu.

Júlia sorriu. Na verdade, ele deveria ter dito "exigiu", seria o verbo mais adequado.

– É que hoje tem jogo de basquete lá na escola – explicou a garota. - Aí eu vou assistir com as meninas.

– Tudo bem.

– Eu sei que o senhor quer que eu fale algo sobre os treinos, voltar a nadar...

– Não tô perguntando nada.

– Se perguntar, a mãe briga com o senhor, mas sei que tá esperando eu falar algo. Eu quero voltar a nadar, sim, mas não a competir. Sinto falta da piscina, mas nenhuma da pressão dos treinos.

– Quando a gente tá ali, dando voltas e mais voltas naquele mundo, correndo contra o tempo para chegar o mais rápido possível, tem uma coisa que a natação permite que a gente faça: pensar.

Por um segundo, Júlia pensou que o pai estava resumindo o livro *A volta ao mundo em 80 dias*. Ela ficou calada, ele prosseguiu:

– Quando eu tinha a sua idade e vivia treinando, também pensei muito em desistir. Tinha dias que chegava em casa quase sem fôlego, com as pernas tremendo, com vontade de chorar e desistir. Mas, no dia seguinte, depois de uma boa noite de sono, aquele pensamento tinha ido embora e o que eu mais queria era me superar, dar o meu melhor, vencer todas as competições. Era o que eu queria. Apesar de todas as dificuldades, meu sonho renascia a cada manhã. E eu nem mais lembrava que pensara em desistir.

Júlia seguiu calada. Mas seus olhos falavam. Ela estava emocionada com as palavras do pai. Ele seguiu:

– Meu técnico disse uma vez que a piscina era o meu dia, o meu mundo. Que ali eu poderia dar até dez mil voltas, com todos meus pensamentos e medos. Desde que meus sonhos estivessem comigo, todo o sofrimento se transformaria em alegrias, medalhas, vitórias.

– Lindo, pai – disse Júlia.

– Mas esse era o meu sonho e não o seu. E eu não vi isso e continuei me colocando em primeiro lugar, quando a posição mais alta deveria ser a sua. Tenho conversado bastante com sua psicóloga também. Ela e sua mãe têm me ajudado a ver isso.

Os olhos do pai estavam vermelhos, como se tivesse nadado numa piscina sem óculos. O pai desejar mudar, adotando uma nova postura, era o maior prêmio que a garota poderia querer. Júlia se levantou e deu um abraço apertado no pai, enchendo-o de beijos ao dizer:

– Eu te amo, te amo, te amo, te amo, te amo!
– Você me desculpa?
– Já desculpei há muito tempo.
– Então, posso aproveitar e fazer outro pedido de desculpas?
– Pode... – a garota concordou sem entender muito.
– Uma aluna da turma da manhã me procurou para treinar. Aceitei... Espero que não fique com ciúme.

Júlia cruzou os braços e fez cara de brava.
– Estou morrendo de ciúme! E não vou torcer por ela. Sabe por quê?

O pai deu de ombros sem entender se a filha estava mesmo com raiva ou não.
– Porque já sei que ela vai vencer. Ela tem o melhor técnico do mundo! – e Júlia ergueu a caneca na qual, ao lado da foto dos dois, pai e filha, estava escrito: "Melhor pai do mundo!".

MUTANTES *VERSUS* SAMURAIS

Os Mutantes foram os primeiros a entrar em quadra. Aqueciam-se, concentrados. Exceto Gustavo. Precisava parar de contar o número de vezes que a bola quicava no chão. Isso o estava deixando mais lento. Como vencer desse jeito?

O Quinteto Fantástico estancou com a entrada dos Samurais. O caçula do time de basquete do Colégio João Cabral de Melo Neto nem precisou trocar qualquer olhar com seus companheiros para saber que estavam com medo. E estavam sem Gênio. Paulo entrara no lugar. E Gustavo era o capitão. Mas seria o suficiente para vencer?

O primeiro tempo iniciou. E o olhar duro dos Samurais incomodava. A agilidade deles, mais ainda. E o placar: dois, três, seis, oito, dez pontos! Dez a zero.

– A gente tá perdendo! – se exasperou Míope para Gustavo.

O capitão não sabia o que falar. Mas não era hora de falar. Era hora de fazer. Na tentativa de conquistar a bola num rebote, fez o que não devia. Segurou o capitão do time adversário.

O apitou soou, indicando a falta.

Gustavo fechou os olhos por um momento.

– Você tá querendo piorar as coisas? – indagou Paulo, ao passar por ele.

– Calma, Gustavo – pediu Shrek. – Acontece. A gente só não pode perder o controle.

Gustavo retomou sua posição. Se ele não tinha controle sobre os próprios pensamentos, como teria naquele jogo que se transformava numa humilhação? Olhou ao redor, a torcida do colégio estava em silêncio, boquiaberta com o bizarro resultado dos primeiros minutos de jogo. E estavam em casa. A dor da perda seria ainda maior.

– Vai, Gustavo! – gritou Júlia, levantando a plateia. E puxando o coro em seguida – Gustavo! Gustavo! Gustavo!

Gabriela acompanhava. Gênio também, batendo na grade que separava a arquibancada da quadra.

Era hora de reagir!

Gustavo furou o bloqueio, reconquistou a bola e gritou ao arriscar um lance de três pontos.

O abraço coletivo que recebeu dos parceiros de time revelou que estavam prontos para o contra-ataque.

Que enfraqueceu no segundo tempo. Os Samurais voltaram a dominar o jogo.

"O que tá acontecendo com a gente? O quê?"

No intervalo, antes do terceiro tempo, Miguel chamou o grupo. Gustavo esperava que ele fosse gritar com eles, mas, pelo contrário, a voz do técnico tentava se mostrar tranquila e afável.

– Eles são bons e rápidos? São! Mas, e daí? O melhor time pra mim é aquele em que eu jogo. E para não ficar nenhuma dúvida já esclareço: são vocês!!!

– Gênio tá fazendo falta – disse Baixinho.

– Esse é o segundo problema. Parem de achar que vocês vão perder! – pediu o técnico, motivando.

– É isso! Vamos vencer! – comandou Paulo, num grito que, para Gustavo, soou fraco.

– Vamos vencer! – todos repetiram. E Gustavo teve certeza: não iriam.

O capitão lançou um olhar para o outro lado da quadra, onde se reuniam os Samurais. Depois, se voltou e disse para o time, que começava a se dispersar:

– Esperem! A gente tá falando sério mesmo ou só da boca pra fora?

– Como assim? – Shrek não entendeu.

Miguel não disse nada. Talvez fosse o único que naquele momento havia entendido o que Gustavo queria dizer. O capitão retomou:

– Como Miguel falou, a gente sabe que eles são bons. A gente viu os vídeos. Mas não adianta gritar que "vamos vencer" se for da boca pra fora, tentando se convencer do contrário do que a gente acredita. Palavras, pensamentos e ações são coisas diferentes.

O apito soou, indicando fim do intervalo.

– Ou a gente acredita de verdade ou é melhor nem voltar pra quadra.

Paulo deu um soco no ombro de Gustavo. Doeu, mas não foi para provocar. Foi para concordar. Gustavo apertou os lábios e concordou com um sutil movimento de cabeça. Paulo voltou à quadra. Baixinho, Míope e Shrek repetiram o gesto. O ombro de Gustavo foi ficando mais dolorido.

Mas ele sorriu. *No pain, no gain*.

O MISTERIOSO RELATO DE GUSTAVO

Após o jogo, Júlia e Gustavo se sentaram lado a lado no banco de cimento que rodeava uma das árvores do estacionamento do colégio.

– O que é que você quer me mostrar? – indagou Júlia, intrigada.

O atleta procurava algo na mochila. Tirou uma folha dobrada ao meio.

– Isso – ele disse.

– O quê?

– Meu relato de viagem.

Júlia tomou o papel nas mãos e viu o título:

Memória de elefante

Ela se voltou para ele, tentando entender.

– Acho que foi a partir daí que tudo começou – Gustavo explicou. – Lê.

E Júlia leu.

A minha viagem inesquecível eu queria esquecer.

Mas me lembro de tudo. Foi no dia 11 de janeiro, uma sexta-feira, quando eu estava de férias e viajava com meus pais para a casa da minha avó, no interior. Ela mora em Caruaru. Meus pais ainda estavam juntos. Eles se separaram uns quatro anos depois.

Como sempre, Gabi e eu dormimos no caminho. Chegando na cidade, despertei. Ainda sonolento perguntei para os meus pais se faltava muito. Minha mãe disse que, no máximo, em dez minutos chegaríamos na casa de vovó. Foi quando aconteceu.

Uma freada, metal arrastando no chão e gritos.

Não aconteceu nada conosco, mas um carro bateu numa moto na nossa frente. Vi tudo. Meu pai reduziu a velocidade. Motoristas e motociclistas paravam, se aglomeravam como se surgissem do nada. Gabi não acordou. Minha mãe pediu para eu não olhar. Mas eu vi.

Uma moto amassada. O motoqueiro atirado no chão. E a mulher que o acompanhava se contorcendo de dor com o corpo arranhado e o rosto sangrando.

Fiquei nervoso. Queria sair do carro, voltar para casa, chorar, me esconder no colo da minha mãe. Mas não fiz nada disso. Só me perguntava: Por que fui olhar? Por que fui olhar?

Meu pai parou, foi até lá, voltou logo, dizendo que tinham chamado a ambulância e que um vizinho das vítimas, por coincidência, passava por ali. E que era melhor a gente ir logo para a casa da vovó por causa de mim e de Gabi.

Passei várias noites sem conseguir dormir. Meus pais se revezavam contando histórias. Pouco a pouco as coisas foram voltando ao normal. Pelo menos na aparência. Eu, que sempre fui meio medroso, fiquei mais ainda. Não queria preocupar meus pais.

A partir desse dia, coisas relacionadas a sangue e, principalmente, à morte, eu evito. Tanto em filmes quanto em livros. Por exemplo, com telejornais, mudo de canal ou desligo. Isso tudo ainda hoje.

Essa viagem mudou a minha vida. Para pior.

Foi... inesquecível.

– Gustavo... – foi só o que a garota conseguiu falar.

Ela olhou para ele, que fitava algum ponto, indiferente, como se recordasse de algo que, infelizmente, nunca poderia esquecer.

Júlia deu um beijo em Gustavo para acordá-lo dos seus pensamentos. Ela queria que ele tivesse uma lembrança inesquecível e boa.

A CADA VIAGEM, UMA VOLTA AO MUNDO

Gustavo sempre se arrependia de contar alguma coisa pessoal aos outros. E não foi diferente com Júlia. Arrependeu-se de novo de falar para ela sobre os seus medos, de revelar seu trauma e de mostrar a redação. Queria que ela esquecesse. Mas sabia que seria difícil para qualquer um não se recordar daquela história.

Entrou na sala do Clube do Livro por último. Ler estava se tornando uma atividade penosa. Estava decidido a desistir. Para completar a sua volta ao mundo, foi muito difícil. E se tinha que repetir algo, era melhor que fossem os treinos de basquete.

Como sempre, Lila fez o círculo e, após a chegada de Gustavo, perguntou as impressões de cada um sobre o livro. Bernardo, Serginho, Bia, Clara, Alan, Marcela, Júlia, Letícia, Gustavo e Gabriela.

– Eu adorei! – disse a última, sintetizando a opinião geral do grupo. – Por mim, daria a volta ao mundo conhecendo todos esses países que Mister Fogg visitou.

– Não sei se vocês perceberam – começou a professora. – Mas cada personagem volta diferente dessa extraordinária viagem.

– É como se eles amadurecessem – completou Clara.

– Exatamente – concordou Lila. – Toda viagem tem o poder de transformar a gente.

– Toda viagem e toda experiência – acrescentou Júlia. – Tudo o que é bom ou ruim mexe com a gente.

Gustavo ficou procurando se existia algum sentido oculto naquelas palavras vindas da boca de Júlia. Eles só tinham ficado? Estavam namorando? Passaram os últimos dois dias só falando de TAG e TOC e, volta e meia, trocavam algum beijinho. Mas tudo sem contar aos amigos ainda e disfarçando muito bem no colégio. Nisso, eles eram *experts*.

– E não precisa ser uma volta ao mundo, até mesmo uma simples volta no bairro pode fazer isso – refletiu Letícia.

– Eu diria até uma volta ao nosso mundo, dentro de nós mesmos – sentenciou Lila. – Quando a gente olha para dentro, para as nossas memórias, as nossas experiências, não deixa de ser uma viagem, uma viagem ao nosso interior.

– Viajar para dentro da gente seria um "egoturismo", professora? – brincou Serginho.

– Talvez... – pensou Lila por um instante. – Talvez seja até mais difícil e doloroso que uma trilha cheia de obstáculos, pedras escorregadias... A gente encontra medos, traumas...

Gustavo tinha certeza: todo dia dava milhares de voltas ao próprio mundo. E, por mais que quisesse, não conseguia percorrer uma trilha diferente. Pelo contrário, seus pensamentos o obrigavam a repetir, repetir, repetir...

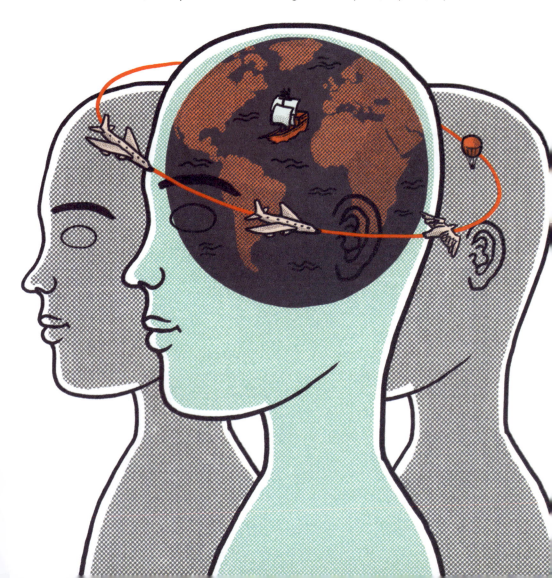

CHANTAGEM OU GREVE?

– Não, não! Já disse que não!
Mas Júlia não desistiria fácil.
– Gustavo, por favor! Você não pode ficar sofrendo sozinho. TOC tem cura!
– E eu vou ficar curado. Mas sozinho.
– Você me disse que tava piorando...
– São fases. Às vezes, eu melhoro.
– Você tá mentindo! E para você mesmo. Gustavo, fala com Sophia!
– Oi, Sophia, tudo bom? Posso falar com você um minuto? Tenho TOC – disse o garoto com voz zombeteira. – No minuto seguinte, ela liga para a minha mãe. Ela não vai entender...
– Vai, sim, Gustavo. Hoje em dia, tá todo mundo falando de ansiedade, depressão, essas coisas... Não é justo você ficar sofrendo.
– Minha mãe já tem preocupações demais. Ontem mesmo ela chegou em casa cansada e ainda foi dormir tarde corrigindo uma pilha de provas da faculdade. Dei até uma força, corrigindo as questões de marcar X. Ela não precisa de mais um problema.
– Tá! Beleza! – disse Júlia sem esconder a raiva que crescia dentro dela. – Você é um filho maravilhoso! Não quer preocupar sua mãe e faz tudo para ajudá-la. Mas, e você? Quem vai ajudar?
Gustavo não respondeu.
– Mostra o seu relato de viagem pra Lila. Ela é a melhor professora de Português da face da Terra. Você não escuta as frases de efeito que ela solta no meio das aulas e do Clube do Livro? Ela não se preocupa só com os erros de gramática da gente. Ela se preocupa com a gente. Outro dia ela até ajudou uma menina do 6º ano que foi vítima de um ataque de *haters* no canal que tinha no YouTube.
– Eu sei... Aconteceu com Ariadne e fiquei sabendo que Lila ajudou um bocado.
– Então? – perguntou a garota, esperançosa.
– Melhor não... É só uma fase.

– Não é!

– Júlia, se você quiser ficar comigo, vai ter que respeitar esse meu lado.

A garota balançou a cabeça.

– Se é assim, então sem beijos até você contar a alguém.

– É o quê? Chantagem?!

– É isso aí! – asseverou a garota. – Ou melhor, nada de chantagem. Greve de beijo!

NO INFERNO, SONHA-SE COM UM MILAGRE

– Oi, mãe! – cumprimentou Gustavo assim que entrou em casa. – Vou pro meu quarto estudar.

O rádio estava sintonizado num programa religioso.

– Se eu deixar ligado, atrapalha?

– Pode deixar. Tranquilo.

Gustavo entrou no quarto. Ele queria que o único problema dele fosse um rádio ligado atrapalhando seus estudos. Mas, na verdade, dentro da cabeça do garoto, era como se existisse um rádio ligado com o locutor ordenando seus pensamentos e comportamentos. Ele pensava no que não queria pensar. E fazia o que não queria fazer. Queria novos beijos de Júlia, que há um mês tentava convencê-lo a abrir o jogo.

Jogou-se na cama e abriu o livro de Português. Tinha duas provas na sexta: Português e Matemática. Nem bem terminou a primeira página do assunto, e a necessidade de reler veio com tudo. Tentou ler em voz alta. Mas não adiantou. Sua cabeça estava ali, ordenando: "Repetir! Repetir! Repetir!".

– Não! – disse Gustavo, buscando forças para não repetir tudo de novo.

Recordou as palavras de Gênio na açaiteria em Maceió, falando que nada na vida se repete. Gustavo sabia, mas não conseguia agir diferente. Se não repetisse, era como se fosse morrer. Como seus pensamentos podiam detestá-lo tanto? Eram como se uma manada de elefantes lhe pisoteasse a cabeça até a alma.

Desespero. Era isso o que ele sentia ao não conseguir se livrar dos pensamentos.

Vinda do rádio, a voz do padre falava em inferno e demônios, afirmando que cada pessoa tinha de saber exorcizar os seus. Gustavo não sabia como se livrar dos dele. Começou a chorar baixinho, rezando um pai-nosso com a cara enfiada no travesseiro. Clamava por um milagre.

Na realidade, Gustavo sabia como expurgar tudo aquilo. Procurar ajuda médica.

Mas a mãe cancelara o plano de saúde devido aos altos custos, e ele tinha vergonha de contar o que sentia. Não queria parecer fraco, não queria dar problema. Só queria ser um menino normal e feliz.

Foi quando ouviu um depoimento. Uma mulher contava ao padre que sofria de depressão e pedia um conselho. Gustavo prestou atenção.

– Não adianta ficar em casa sofrendo, minha filha. Não se espera de braços cruzados por um milagre. É preciso buscar forças, qualquer força, por menor que seja, dentro de você e correr atrás de um milagre. Você não sabe que existe tratamento e que a cura não é impossível? Isso já não poderia ser considerado um milagre?

Aquelas palavras ficaram ecoando na cabeça de Gustavo nos dias seguintes. E ele sem dormir direito, repetindo gestos e tendo pensamentos cada vez mais obsessivos. A mente em exaustão.

E agora não era mais só evitar o número quatro. Ele ia ao banheiro a todo momento, como se tivesse vontade de fazer xixi, e lavava a mão inúmeras vezes. Se comesse um biscoito no intervalo do colégio sem lavar as mãos, jogava fora o pedaço que havia tocado. E chegou a mentir para a irmã, dizendo que precisava voltar ao colégio para pegar um caderno que tinha esquecido, quando, na verdade, sua mente exigia que ele passasse de novo sobre uma mesma pedra que encontrara no caminho de volta para casa.

Na sexta, Lila foi a última a aplicar a prova de Português.

O garoto olhou para a professora. Seus olhos se encontraram. Ele desviou o olhar, encabulado. Sentiu alguém se aproximando. Já sabia quem era:

– Tá tudo bem mesmo, Gustavo? – e ela entregou a prova.

– Sim... Por quê? – perguntou o atleta, temendo que a professora suspeitasse de algo.

– Espera um segundo.

Gustavo estremeceu. O que Lila queria? Ela falou para a turma toda:

– Enquanto vocês fazem a prova, vou entregar a redação da semana passada.

O atleta olhou para Júlia, que já fazia sua prova, compenetrada. Ele acompanhou os movimentos de Lila até que ela finalizasse a entrega das provas, reclamasse com dois alunos do fundão e voltasse ao birô para retirar da pasta um saquinho transparente com redações. Procurou uma específica e se encaminhou para Gustavo:

– Você vem rasurando muito as redações e nas duas últimas eu notei que... – a professora fez uma pausa, erguendo a folha para o alto e no sentido de uma das lâmpadas.

Gustavo entendeu na hora. Pelo verso da redação e, ao posicioná-la contra a luz, Lila conseguia ler o que ele tinha apagado com o líquido corretor. Ela se abaixou e disse quase num sussurro:

– É impressão minha ou você tem reescrito a mesma palavra três vezes?

– Mania, professora... – respondeu o garoto querendo justificar.

– Me pareceu outra coisa – disse Lila, olhando firme o garoto.

– O quê? – inquiriu Gustavo, ansioso e, ao mesmo tempo, preocupado com a resposta.

– TOC – ela disse de modo quase inaudível.

– Nada a ver, professora – o garoto riu, tentando disfarçar.

– Se você quiser conversar sobre qualquer coisa, pode me procurar, tá, Gustavo? Pode confiar em mim.

Gustavo assentiu e mentiu mais uma vez com um sorriso:

– Tá tudo em ordem, professora.

O garoto sentiu que dava o sorriso mais triste da sua vida. Escutou alguém reclamando:

– Mas, Lila, você encheu minha redação de observações? Desse jeito eu vou reprovar.

– Não estou aqui para reprovar ou aprovar ninguém – sentenciou a professora. – Mas ajudar vocês a alcançarem seus sonhos. Se eu não apontar os problemas...

Gustavo não ouviu o resto. Já sabia o que fazer.

78
EMPATIA

Ao descer para o pátio, no final das aulas, Júlia viu a cena que a fez estancar: Gustavo, ao lado da quadra, interrompeu a passagem de Lila. O semblante de Lila mudou, segurando a mão do garoto com carinho. Gustavo baixou o rosto e disse algo que Júlia não conseguiu ler à distância. A professora trocou a pasta de braço e perguntou algo ao atleta. Ele apenas confirmou com um movimento de cabeça. Lila, com o braço livre, enlaçou os braços do garoto e seguiram rumo à escada que levava à coordenação. A garota acompanhou de longe até os dois sumirem de vista.

Como dois peixinhos sorridentes, os olhos de Júlia nadavam em águas claras.

79

SEGUNDA CHANCE

Era como se tivesse tirado um elefante das costas. Gustavo sabia que contar a Lila seria só o começo. A professora de Português conversaria com a coordenadora e com a psicóloga e, depois, ambas procurariam por ele. Em seguida, viria a mãe. E ele não fazia ideia de como ela reagiria. Só esperava que não fosse igual à madrinha que, no Natal passado, disse que medo e ansiedade eram frescuras, coisas de quem tem pouca fé.

Fé ele tinha muita. E esperanças também. Até que Júlia o desculpasse e topasse tomar um açaí com ele. Será que ela lhe daria uma nova chance? Pelo menos ele tinha a desculpa da aposta. Tinha uma dívida a pagar. E essa não era imaginária como aquelas que obrigavam o garoto a repetir as mesmas ações.

Pegou o celular e escreveu para Júlia:

> Contei pra Lila
> Desabafei
> Ela disse que vai me ajudar
> Mas não sei se você sabe
> Perdi uma aposta um mês atrás
> E tenho que pagar um açaí
> pra uma pessoa...

DE MÃOS DADAS

Júlia tinha acabado de acordar do cochilo vespertino quando recebeu a mensagem de Gustavo. Sentou-se na cama e digitou rapidamente:

Topo

A açaiteria ficava perto do prédio onde morava, e Júlia não perdeu tempo. Tomou banho e correu para lá. Estava feliz pela coragem de Gustavo. Ela podia imaginar como tinha sido difícil para que o amigo se abrisse.

– Tô orgulhosa – disse Júlia ao se sentar diante dele.

Gustavo ergueu as sobrancelhas e deu um sorriso sem graça.

– E como foi? – ela quis saber.

– Pior e melhor do que eu imaginava. Só tô meio nervoso com o que vai acontecer agora.

– Vai dar tudo certo. Acredite – e antes que ele pudesse dizer alguma coisa –, sei tão bem quanto você que só palavras não bastam. Mas, mesmo que seja difícil, tenta acreditar.

– Eu vou ficar bom – disse Gustavo.

– Nós vamos.

Ele riu sem graça.

– Você também sofre com ansiedade.

– Uma garota com TAG e um garoto com TOC – resumiu Júlia. – Uma boa dupla, não?

– Não. Era melhor uma garota sem TAG e um garoto sem TOC.

– Mas aí não seria a gente...

Gustavo teve que concordar.

– Você tá arrasando nas frases.

– Plágio. Roubei da minha psicóloga.

Gustavo riu. Ainda estava sem graça.

– Mas só repito porque concordo.

– Eu também... Mas tô devendo um açaí. Terminei o livro, mas não ganhei a aposta.

– Pois é... Igual ao Phileas Fogg que deu a volta ao mundo, mas não ganhou praticamente nada.

– Só um amor.

– Eu não diria *só* um amor.

Um garçom se aproximou e anotou os pedidos. Primeiro, enquanto esperavam, e depois, enquanto comiam, Júlia escutou Gustavo falar sobre suas obsessões e compulsões. E não pôde deixar de se surpreender com a história da aranha.

– Sério?

– Cada um com sua loucura – o garoto deu de ombros.

– Por isso que você se identificava tanto com o Mister Fogg.

Ele riu, sem graça, concordando. Pediram a conta.

– Vamos dar uma volta? – perguntou Júlia.

– Onde?

– Pelo nosso mundo!

Gustavo fez cara de quem não entendeu.

– No bairro. Até a orla. Ver o mar. E quem sabe até o pôr do sol?

E Júlia nem deixou Gustavo responder. Puxou-o pela mão, arrastando-o, como uma onda, para o futuro.

Lá não acabaria o medo nem a ansiedade. Mas seguiriam juntos, de mãos dadas.

SEVERINO RODRIGUES

Meu nome é Severino Rodrigues, sou mestre em Letras pela UFPE, professor de Língua Portuguesa no IFPE e escritor de Literatura Juvenil. Vivo cercado por adolescentes que me inspiram. As memórias da minha adolescência também me ajudam. E além, é claro, do nosso mundo de hoje, ansioso e assustado. A ansiedade e o medo são sentimentos universais. Todos nós sabemos e sentimos. Mas e quando essa dupla causa um sofrimento terrível? Aí, podemos estar diante de três letrinhas: TAG e/ou TOC. Elas paralisam o mundo emocional de qualquer um. Sei disso com experiência de causa. Foi por isso que escrevi a história de Gustavo e de Júlia. E também pelo incômodo de alguns livros e filmes abordarem os transtornos mentais com exagerado "humor". Na realidade, precisamos falar disso com cuidado, seriedade e respeito. E, para isso, nada melhor do que uma boa história com verdade, emoção, viagens e literatura na dose certa, concordam?

ZAIRE

Nascemos em São Paulo, em 2017. Atuando na área editorial, Zaire é a fusão de um duo de ilustradores que encontraram, a quatro mãos, uma maneira distinta de traduzir e desenvolver suas criações. Ilustrar o *10 mil voltas ao meu mundo* foi um ótimo desafio. Além de tratar de temas tão incompreendidos entre jovens e adultos, nos levou a relembrar como é difícil essa fase de escolhas nas nossas vidas e como, para algumas pessoas, essas questões podem se agravar se não houver conhecimento, compreensão e diálogo.

Este livro foi composto com a família tipográfica
DIN para a Editora do Brasil em 2019.